Début d'une série de documents
en couleur

JVERTURES SUPERIEURE ET INFERIEURE D'IMPRIMEUR

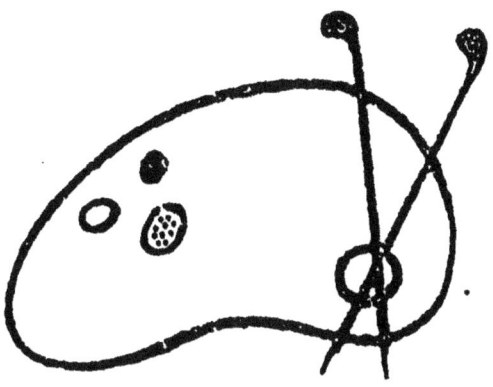

**Fin d'une série de documents
en couleur**

HISTOIRES DIVERSES

8e SÉRIE IN-12.

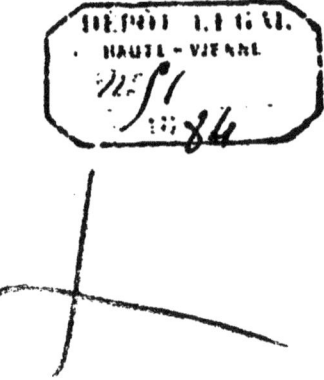

CAPITAINE MAYNE-REID

HISTOIRES DIVERSES

TRADUCTION

DE BÉNÉDICT-HENRY RÉVOIL

LIMOGES
EUGÈNE ARDANT et Cie, ÉDITEURS.

HISTOIRES
DIVERSES

L'ÉCUREUIL

L'espèce la plus répandue au milieu des bois des monts Ozark est l'écureuil cendré (sciurus cinereus), une des plus belles qui existent. A certaine époque de l'année, grâce à l'abondance de graines, de noix et de fruits sauvages, ils étaient

gras et dodus comme des perdrix. Cette espèce d'écureuil
est toujours bien nourrie, et
sa chair est la plus succulente
de toutes. Au marché de New-
York, l'écureuil cendré vaut
trois fois plus d'argent que
l'écureuil gris ordinaire.

Un naturaliste racontait, au
sujet de cet animal, une infinité
de traits qui, pour la plupart
d'entre nous, avaient tout le mé-
rite de la nouveauté. Il nous dit
que dans l'Amérique du Nord il
n'y avait pas moins de vingt espèces différentes d'écureuils n'
vivant que sur les arbres : et
que si l'on ajoutait encore les
écureuils qui marchent (sciurius tamias) et les écureuils qui

volent (sciurus pteromys), on
en aurait plus de quarante. En
outre, il y en a encore, nous
dit-il, plusieurs races incon-
nues, qui habitent les régions
peu explorées du territoire
occidental.

L'écureuil le plus connu est
le gris, qui se trouve dans la
plus grande partie des Etats-
Unis. On assure même que
quelques autres espèces, l'écureuil noir par exemple (sciurus
niger), abandonnent entièrement les contrées envahies par
l'écureuil gris; de même que le
rat indigène cède la place au
rat belliqueux de Norvège.

Le véritable écureuil-renard
(sciurus vulpinus) diffère essen-

tiellement du cendré, et cependant, dans plusieurs Etats, on les confond sous la même dénomination. Le premier est plus gros, plus actif, et s'élance d'un seul bond jusqu'au faite d'un pin pyramidal : tandis que l'autre, au contraire, plus lent et plus timide dans ses mouvements au milieu des branches, dépasse rarement la première bifurcation, à moins d'y être forcé par la poursuite d'un ennemi. Il préfère se cacher derrière le tronc, et faire le tour à mesure que le chasseur s'avance sur lui. Il a cependant une manière de s'esquiver qui souvent lui sauve la vie et laisse le chasseur tout désappointé.

A moins d'être vivement pour-
suivi par un chien ou par quelque autre ennemi aussi rapide,
il ne cherche à grimper sur
aucun arbre, jusqu'à ce qu'il
ait atteint celui qui renferme
son nid, et alors il se glisse
tranquillement dans son trou.
Là il peut en toute sûreté défier
ceux qui l'attaquent, à moins
que ce ne soit une martre. Cet
animal est le seul qui ose pénétrer jusque dans les profondeurs de sa caverne obscure.

Toutes les autres espèces
d'écureuils se réfugient tempo-
rairement sur le premier arbre
venu; et s'il arrive que cet
arbre ne leur offre pas de cavi-
tés pour se mettre à l'abri, ils

restent dès lors exposés au plomb et même aux balles que le chasseur leur décoche d'en bas presque à coup sûr.

Il ne s'ensuit pas cependant qu'on les abatte très facilement. Dans les bois de haute futaie, l'écureuil grimpe souvent jusque sur les branches les plus élevées, et il y reste en sûreté, quand bien même il n'y aurait ni feuille pour le cacher, ni trou pour l'abriter.

On a vu d'excellents chasseurs tirer plus de vingt coups de fusil sur un seul de ces animaux ainsi perché sans pouvoir le faire tomber ni même le blesser dangereusement. D'autres sont quelquefois revenus bredouille au logis, et cependant l'écureuil était devant leurs yeux, changeant continuellement de place et s'offrant en plein à leurs yeux dans des positions et des attitudes toujours renouvelées.

La ruse de l'animal est, dans ces occasions, digne de remarque. Il s'étend sur le dessus d'une branche, et s'y allonge le plus possible ; de telle sorte que la branche, qui souvent n'est pas plus large que son corps, le couvre presque entièrement et lui sert de rempart contre toute espèce de projectile. La tête aplatie contre le bois et la queue allongée ne donnent aucun indice de la présence de l'écureuil.

Cette chasse n'est pas sans attraits. C'est la plus ordinaire aux Etats-Unis, parce que l'écureuil y est le gibier le plus commun, et elle remplace dans ce pays la chasse à la perdrix ou à la bécassine, généralement pratiquée en Angleterre. Selon moi, la chasse à l'écureuil est bien supérieure à ces deux dernières; et le gibier ne le cède pas en valeur. Un bon écureuil bien gras peut s'apprêter de plusieurs manières et à plusieurs sauces : beaucoup de personnes le préfèrent au meilleur gibier à plume. Il est vrai qu'il a quelque chose du rat dans la physionomie, mais ce détail n'a seulement de l'inté-rêt que pour les personnes qui le connaissent peu. Lorsqu'on a séjourné dans les forêts recu-lées et mangé quelquefois des écureuils en pâté, tous ces pré-jugés s'évanouissent. On se dégoûterait plutôt du lapin qu'on sert sur les tables d'Eu-rope, à cause de sa ressem-blance avec le chat, qui sou-vent miaule à côté de vous à l'intant même où l'on goûte au civet.

Dans presque tous les Etats-Unis on peut, sans avoir la pei-ne d'aller bien loin, se procurer le plaisir d'une journée passée à la chasse de l'écureuil. On

trouve de vastes contrées boisées que la hache n'a pas encore entamées et où ces animaux aiment à faire leurs nids.
Dans les Etats de l'Ouest, rien
n'est plus facile que de se procurer cet amusement, en s'éloi-
gnant à peine de deux cents pas
des habitations; il y a même
certains endroits d'où vous
pouvez tirer ce gibier de vos fe-
nêtres.

Pour faire une bonne chasse
à l'écureuil il faut être au moins
deux. Lorsqu'on est seul, l'animal peut facilement échapper
en contournant le tronc de l'arbre et même une branche maî-
tresse. Lorsqu'on est deux, l'un
reste à l'affût, tandis que l'autre

fait le tour et force le gibier à revenir de l'autre côté. Il vaut encore beaucoup mieux être plusieurs, car alors on forme le cercle autour de l'arbre, et l'écureuil ne peut faire un mouvement sans avoir un canon de fusil prêt à faire feu sur lui.

Quelques personnes se servent pour cette chasse de plomb de petit calibre, mais ce sont ordinairement des gens inexpérimentés. Un chasseur habile préfère sa carabine, et, dans les mains d'un bon tireur, c'est l'arme la plus sûre. Quel que soit son calibre, la balle de carabine tue la bête d'un seul coup, tandis que souvent l'écureuil gravement blessé avec du petit plomb conserve encore assez de force pour gagner l'arbre où est son trou, et réussit à s'y cacher; c'est là qu'ordinairement il va mourir de ses blessures. Aucun animal n'a la vie plus dure, pas même le chat. Blessé à mort, il s'accroche aux branches jusqu'à son dernier soupir; et, même après sa mort, ses griffes restent quelquefois implantées dans le bois, et son corps suspendu flotte dans l'espace.

La hauteur de laquelle un écureuil saute à terre sans se faire de mal est un tour de force extraordinaire connu de tous les chasseurs. Lorsqu'il voit que l'arbre sur lequel il

s'est réfugié ne lui offre pas un
abri suffisant et qu'il n'y en a
pas d'autre assez rapproché
pour pouvoir y sauter, il comprend qu'il y a pour lui nécessité de revenir à terre et de gagner une autre partie des bois.
Quelques espèces de «sciurius»,
telles que l'écureuil cendré,
n'osant pas s'élancer d'une hauteur si effrayante, quelquefois
plus de cent pieds, se laissent
glisser le long du tronc. Mais
ceci n'entre pas dans les habitudes des écureuils plus actifs,
et entre autres de l'écureuil
gris ordinaire. Pendu à l'extrémité d'une branche, il s'élance
à terre dans une direction dia-
gonale. Lorsqu'on le voit lan-

cé dans l'espace, on s'attend à le retrouver sur le sol brisé par la chute : il n'en est rien. Le chien lui-même s'attend à ce résultat et se tient à l'endroit où doit retomber l'écureuil, mais il n'a pas même le temps de se jeter sur lui. Le gibier part avec la rapidité de l'oiseau qui vole, et on le voit, plus prompt que la pensée, grimper le long d'un autre arbre.

Ce saut périlleux demande quelque explication pour être compris. L'écureuil est doué de la faculté naturelle d'étendre son corps d'une façon extraordinaire. Toutes les fois qu'il s'élance, il a soin d'user de ce pouvoir, et il amortit ainsi sa chute au moyen de la résistance de l'air. C'est là, du moins, la seule manière d'expliquer comment et pourquoi il ne se tue pas sur la coup.

Presque tous les écureuils sont gratifiés de la même faculté, bien que tous ne la possèdent pas au même degré. Chez l'écureuil volant, elle est si développée, que cet animal peut d'un seul bond franchir des espaces considérables, absolument comme le ferait un oiseau au vol.

Le chasseur d'écureuils se fait souvent accompagner d'un chien, non que le chien puisse jamais par lui-même attraper

un écureuil ; celui-ci ne le craint
pas, il sait fort bien que les individus de la race canine ne
montent pas aux arbres. L'office du chien se borne tout sim-
plement à forcer l'écureuil à
se réfugier sur un arbre, et, en
restant au pied, à indiquer à
son maître l'arbre où il est vé-
ritablement logé.

Ce service rendu par le chien
est d'un grand avantage ; il
remplit le même office d'utilité
que le chien d'arrêt au chasseur
en plaine. D'abord, le chien,
dans son rabat d'une grande
étendue, parcourt en tous les
sens les sentiers de la forêt; en
second lieu, lorsqu'il aperçoit
un écureuil, la vitesse de sa

course force souvent le petit quadrupède à grimper sur un arbre autre que le sien, et ceci est de la plus grande importance. Lorsqu'on laisse trop de temps à l'écureuil, il en profite pour gagner l'arbre où est son nid, ou bien pour choisir à son gré un des chênes les plus élevés des environs : dans le premier cas, il devient impossible de l'atteindre, dans le seçond, c'est fort difficile.

Le chasseur qui n'a pas de chien est obligé de se fier à ses yeux, et il lui arrive souvent de ne pas découvrir l'arbre sur lequel l'écureuil s'est réfugié. Dans ce cas, le gibier est perdu pour lui.

Un bon chien à écureuil est un animal fort utile ; peu importe quelle est sa race. Les meilleurs sont des espèces de chiens d'arrêt ; il faut aussi qu'ils soient dans l'habitude de faire de grands rabats, comme il est aussi essentiel qu'ils soient rapides à la course. Des chiens pareils, bien dressés, ne chassent ni le lapin ni aucun autre gibier. Ils ne donnent de la voix que lorsque l'écureuil est perché ; dès ce moment ils restent de pied ferme au bas de l'arbre. Il est de toute nécessité qu'ils aient une forte gueule pour être entendus du chasseur, qui autrement, séparé de son chien par l'épaisseur du taillis, ne saurait pas quand il a forcé le gibier.

L'écureuil ne paraît pas avoir grand'peur du chien et ne grimpe pas bien haut pour éviter ses atteintes, à quelques pieds seulement au dessus de sa tête, balançant sa queue et ayant tout l'air de se moquer de son brutal ennemi.

Mais à l'arrivée du chasseur la scène change. L'écureuil comprend le danger de sa position, il s'élance le long de l'arbre et se cache aussitôt entre les branches les plus élevées.

A vrai dire, nous ne connaissons pas, parmi les plaisirs de la campagne d'un ordre inférieur, un amusement qui exige plus

d'adresse et qui offre plus
d'intérêt que la chasse à l'écureuil.

J'ai entendu raconter par un
de mes amis une grande chasse
à l'écureuil, arrangée par lui et
quelques-uns de ses voisins ;
ces parties de plaisir ne sont
pas rares dans les Etats de
l'Ouest. Les chasseurs se par-
tagèrent en deux bandes d'un
nombre égal ; chaque escouade
s'aventura, à travers les bois,
dans une direction particulière.
Une gageure considérable avait
été faite sur la quantité d'écureuils que rapporterait chacun
des deux partis. Les parieurs
étaient divisés par six, dans
l'une et l'autre compagnie, tous

armés d'excellents fusils à deux
coups, et le nombre d'animaux
tués dans l'espace d'une se-
maine — car la chasse avait
duré six grands jours — fut de
cinq mille d'un côté, et de quatre mille sept cent quatre-
vingts de l'autre. Il faut dire
que cette expédition se faisait
dans une contrée où l'écureuil,
peu pourchassé, n'était point
très farouche; ajoutons encore
qu'on en trouvait en quantités
innombrables.

De pareilles chasses, orga-
nisées sur une grande échelle,
sont, comme nous l'avons dit,
assez communes aux Etats-
Unis. Outre l'amusement, il y
a encore un motif en vue:

2

c'est la destruction des écureuils et la protection des champs de blé et des cultures de maïs.

Ces petits animaux sont de si terribles destructeurs de toutes graines, que, dans quelques Etats, leur tête est mise à prix.

Dans les premiers temps de la possession anglaise, des règlements à ce sujet existaient dans la Pensylvanie, et d'après un régistre de l'époque, le trésor paya 8,000 livres sterling en primes de cette espèce, ce qui, à six sous par tête, ferait monter à 640,000 le nombre d'écureuils tués cette année-là.

L'émigration de l'écureuil est un fait qu'on ne peut encore expliquer. Ce besoin de changement de logis ne se manifeste que chez l'écureuil gris et c'est de là que lui vient son nom de « sciurus migratorius ». Ces émigrations ne sont pas régulières, et leur cause en est inconnue. On voit parfois d'immenses bandes de ces rongeurs se donner rendez-vous dans un certain endroit, puis, une fois réunis, ils partent et traversent les bois ou les pays découverts, en suivant tous la même direction. Rien ne les arrête: petits ruisseaux et larges rivières, ils franchissent tout à la nage; aussi, dans ces occasions, s'en noie-t-il un très grand nombre.

Dans les circonstances ordinaires, ces lilliputiens animaux ont pour l'eau autant de répugnance que les chats, mais lorsqu'ils se sont formés en colonne d'émigration, ils se plongent hardiment dans un fleuve sans savoir s'ils atteindront jamais le bord opposé. Lorsqu'ils ont regagné la terre, ils sont souvent si fatigués de leurs efforts, qu'on les attrape à coups de bâton. On en tue ainsi par milliers lorsque par hasard on vient à découvrir ces bandes vagabondes.

On rapporte qu'ils font rou-

ler dans l'eau des morceaux
de bois sec ou d'écorce
sur lesquels ils se posent,
et se laissent ainsi flotter jusqu'à l'autre rive , leur queue
faisant l'office de voile; mais
tout nous engage à considérer ce récit comme fort apo-
cryphe.

Il serait cependant excessi-
vement curieux de découvrir
quel motif les porte à entre-
prendre ces longues et péril-
leuses pérégrinations. On croit,
et tout porte à le supposer,
qu'ils ne reviennent jamais à
leur pays. La cause de cette
émigration ne peut être la
disette ou le changement de
climat, car la direction qu'ils

suivent invariablement met
hors de propos chacun de ces
deux motifs.

LOUP DES PRAIRIES

Le loup des prairies (lupus latrans) habite particulièrement les territoires immenses et encore déserts qui gisent entre le Mississipi et le bord de l'océan Pacifique, et cependant la zone qui lui est réservée ne se borne pas à ce qu'on peut strictement appeler la prairie;

on le trouve dans les ravines
boisées de la Californie et dans
quelques districts attenants aux
montagnes Rocheuses. Il est
commun dans tout le Mexique,
où on le connaît sous le nom
de coyote; j'en ai vu des bandes considérables déchirant les
cadavres sur les champs de ba-
taille, même jusque dans la vallée de Mexico. Son nom de loup
des prairies n'est donc pas en
tout point exact, d'autant plus
que les loups de la grande espèce fréquentent aussi ces régions désertes. Il est probable
que cette dénomination lui a
été donnée par les voyageurs
qui explorèrent les prairies à
l'ouest du Mississipi, et qui l'y

virent pour la première fois.
Dans les pays boisés situés à
l'est de ce grand fleuve on ne
connaît que le loup de la grande
espèce.

Toutes les variétés de loups
forment-elles une même espèce, c'est là un sujet de contes-
tation; quant au «lupus latrans»,
il ne peut y avoir le moindre
doute. Il diffère essentiellement
de tous les autres et par la taille et par les mœurs. Il ressemble peut-être plus au chacal
qu'à un autre quadrupède abo-
yeur. A vrai dire, le loup des
prairies est dans le nouveau
monde le congénère représen-
tant le chacal, si connu sur l'an-
cien continent.

Sa taille tient le milieu entre celle du loup et celle du renard; son pelage ressemble à celui du premier, et il possède moralement toute la finesse du second. Sa couleur est ordinairement d'un gris plus ou moins foncé, suivant les circonstances. On en trouve quelquefois dont le poil est teint de brun ou de roux.

Le renard d'Europe aurait, en fait de ruses, des leçons à prendre du loup des prairies. Il est impossible de le prendre au piège. On a fait des essais toujours inutiles, et dont les résultats confondent toutes les théories que l'on ait imaginées sur l'instinct de ces animaux.

On en a vu creuser un trou sous une trappe et enlever l'appât sans faire jouer le ressort. En vain le chasseur cache-t-il le piège en fer, le loup des prairies sait l'éviter, et il n'est pas de cage qui puisse le tenter, c'est là, pour l'animal rusé, un jeu auquel il ne se fie jamais.

Mais ce qui prouve plus que toute chose la finesse du loup des prairies, c'est la manière dont il s'y prend pour capturer les antilopes et les autres animaux dont il fait sa nourriture ordinaire.

Cet animal tient donc autant du renard que du loup; car réellement un petit loup est un renard, et un gros renard est un loup. Pour le voyageur et le trappeur des prairies, le loup est un véritable fléau. Il enlève les provisions du premier, et va les chercher jusque sous sa tente ; il mange l'appât des trappeurs, et dévore les bêtes qui se trouvent prises dans les pièges ; il suit avec persévérance les caravanes qui traversent les prairies. Parfois une meute de ces loups accompagne les voyageurs pendant des centaines de milles rien que pour dévorer ce qu'ils ont laissé sur l'emplacement du camp. On les voit au loin couchés dans l'herbe hors de la portée de carabine ; et encore n'usent-ils pas toujours de cette précaution, car ils sont

certains de n'avoir pas grand'-
chose à craindre. Un bon chasseur tire rarement sur un loup,
car sa peau n'en vaut pas la peine, et il ne se soucie pas de
perdre une charge de poudre
sur de pareilles bêtes. Mais ces
carnassiers montrent bien plus
de prudence lorsqu'ils se trouvent à la suite d'une caravane
d'émigrants se rendant en Californie; ces expéditions sont
ordinairement composées d'individus sans expérience ou d'a-
mateurs toujours prêts à tirer
sur n'importe quelle bête. Les
loups savent cela et se tiennent
cois.

On les voit aussi constam-
ment rôder autour des trou-

3

peaux de bisons et les poursui-
vre à des distances considérables. Les lieux fréquentés par
ce bétail deviennent en quelque
sorte leur séjour temporaire.
Ils se tiennent couchés sur la
prairie à quelque distance du
troupeau, et attendant patiem-
ment, avec l'espérance qu'un
de ces animaux se trouvera par
accident estropié ou séparé du
reste, ou bien encore qu'une
vache restera en arrière pour
protéger son veau. Dans ce cas,
la meute entière cerne la mal-
heureuse bête et la harcelle
jusqu'à ce quelle tombe morte.
Un taureau blessé ou retardé
par l'âge se trouve aussi quelquefois isolé : aussitôt les loups

l'attaquent, et le combat est terrible; le bison ne tombe que lorsqu'il est littéralement déchiré par les blessures; mais aussi plus d'un ennemi a perdu la vie pendant l'action.

Il arrive souvent que le voyageur peut sonder des yeux les profondeurs de la prairie sans apercevoir un seul de ces animaux; mais à peine a-t-il tiré un coup de fusil que tout à coup, comme par enchantement, une vingtaine de loups s'élancent de leurs cachettes et se présentent pour participer à la curée.

Pendant la nuit ils font retentir la prairie de leurs hurlements affreux, et le voyageur

se passerait volontiers d'une
pareille musique. Leur cri ressemble à l'aboiement du chien
terrier, répété trois fois, et suivi
du véritable hurlement prolon-
gé familier à l'espèce du loup.
J'ai souvent entendu des chiens
de ferme pousser des hurlements semblables. C'est à cause de cette particularité que
certains naturalistes ont voulu
donner à ce carnassier le nom
de loup qui aboie, et la dénomination de «lupus latrans» est
celle qui est généralement
adoptée. Say est le premier qui
en ait fait la description.

Le loup des prairies a toute
la férocité des animaux de sa
race, mais il y a peu de bétes

aussi lâches que lui ; aussi n'é-
pouvante-t-il personne dans les
circonstances ordinaires. Cependant on les a vus se réunir
pour attaquer des personnes
blessées, surtout pendant la
saison rigoureuse, lorsque la
faim leur donne une audace
inaccoutumée. Malgré cela, ni
les chasseurs ni les voyageurs
n'éprouvent la moindre crainte
à sa vue, et tous deux dédai-
gnent d'user leur poudre sur un
gibier de si peu de valeur.

Il y a environ dix hivers que
je voyageais tout seul aux environs du fort de Bent's sur
l'Arkansas, me rendant à Laramie, sur le fleuve Platte. J'avais
entrepris cette excursion pour

terminer certaines affaires qu'il
ne vous importe pas de savoir.

J'avais traversé les fron-
tières, et j'étais déjà en vue des
montagnes Noires, lorsqu'une
nuit il me fallut camper en
pleine prairie, sans trouver un
buisson pour m'abriter ou une
pierre pour reposer ma tête.

C'était bien la nuit la plus
froide dont il me souvienne. Il
venait du haut des montagnes
une brise qui aurait gelé la voix
d'un chien de fer. Je m'enve-
loppai dans ma couverture,
mais le vent passait à travers
comme si ce n'avait été qu'une
planche de sapin. Ce n'était
donc pas la peine de me cou-

cher, il m'eût été impossible de dormir; aussi je me décidai à rester assis.

Vous me demanderez peut-être pourquoi je ne faisais pas de feu, je vais vous le dire. D'abord, il n'y avait pas un co- peau de bois à dix milles à la ronde; et en second lieu, lors même qu'il y en aurait eu, je n'aurais pas osé faire de feu. Je me trouvais sur le plus dan- gereux territoire indien du pays, et dans le courant de la journée, j'avais découvert des traces de Peaux-Rouges. Il est vrai que dans les environs j'aurais pu ramasser pas mal de fiente de bison desséchée, et en allumer du feu. Je finis par me résoudre à ce dernier parti, et je procédai de la manière suivante.

Il était évident que grâce à ce maudit froid il me serait impossible de fermer l'œil ; je ramassai donc un tas de fiente de bison, puis, à l'aide de mon couteau, je creusai un trou dans la terre ; mais ce ne fut pas sans peine. Enfin je réussis à rompre la croûte de terre glacée, et je fis un four d'un pied ou d'un pied et demi de profondeur. Je garnis le fond d'herbes ou de branches de sauge sèches, auxquelles je mis le feu, et j'empilai la fiente par dessus. Ça brûlait assez bien, mais la fumée de la fiente aurait suffi pour suffoquer un putois ou une fouine.

Dès que mon feu fut bien allumé, je m'assis au dessus du trou, de manière à ramasser toute la chaleur dans ma couverture, et je me trouvai bientôt assez à mon aise.

Les Indiens ne pouvaient apercevoir la fumée dans l'obscurité de la nuit, et pour voir le feu ils auraient eu besoin de meilleurs yeux que ceux qu'ils ont ordinairement.

Eh bien, amis lecteurs, le cheval que je montais était un jeune poulain très indocile et à demi-sauvage. Je l'avais acheté d'un Mexicain, à Bent, il y avait à peine huit jours, et c'était son premier voyage, du moins avec moi. J'avais cru pouvoir

lui ôter la bride; mais jusqu'alors par prudence je rete-
nais à la main le bout du licol :
dans la journée, le bâton qui
me servait de piquet était
tombé sur la route ; aussi, comme je pensais ne pas pouvoir
dormir, je pouvais tout aussi
bien tenir le bout de la corde.

.   Cependant peu à peu je
commençai à sommeiller. Le
feu que j'avais entre les jambes
promettait de ne pas me laisser
geler, et je me dis qu'il valait
autant me donner le plaisir de
faire un somme. Je passai donc
le licol autour de mes jarrets,
j'inclinai la tête entre les ge-
noux, et à moins de rien je m'endormis profondémeut. Tout en

fermant les yeux, je remarquai
que le poulain était à quelques
pas de moi, broutant l'herbe
sèche de la prairie.

Il y avait une heure que je
dormais, moins peut-être, je ne
sais pas au juste ; mais tout ce
que je sais, c'est que ce ne fut pas
de mon plein gré que je me ré-
veillai. J'ouvris les yeux cependant, et je ne dormais plus que je
croyais pourtant encore rêver.
Le songe, en supposant que
ça en eût été un, n'eût pas été
des plus agréables ; mais, mal-
heureusement pour moi, ce
n'était pas du tout une illusion :
c'était une réalité bien posi-
tive.

D'abord, il me fut impos-

sible de me rendre compte de
ce qui se passait; puis, je me
crus entre les mains des Indiens, qui me traînaient dans
la prairie; et, bien vrai, j'étais
bien traîné comme je le pensais,
mais ce n'était pas par les
Indiens. Une ou deux fois je
restai immobile pendant quelques secondes, puis je repartis,
secoué et bousculé comme si
j'avais été attaché à la queue
d'un cheval au galop; et puis
j'avais les oreilles assourdies
par des hurlements abomina-
bles, comme si tous les chiens
et tous les chats du monde se
fussent mis à mes trousses.

Je restai quelques temps
à comprendre ce que signifiait

ce traitement bizarre. J'y réussis enfin. Les secousses que
j'éprouvais aux jambes m'en
donnèrent l'idée. C'était le licol
qui y était attaché ; mon poulain
avait pris l'épouvante et me
traînait au grand galop dans la
prairie.

Les cris et les hurlements
que j'entendais étaient proférés
par une meute de loups. Pressés par la faim, ils avaient attaqué le cheval, qui avait pris la
fuite.

Toutes ces pensees me
vinrent à l'esprit d'un seul coup.
Vous allez me dire qu'il n'y
avait rien de plus facile que de
me saisir du licol et d'arrêter
ma monture. C'est facile à dire,

j'en conviens, mais je puis
vous assurer que c'était plus
difficile à faire. Je ne pus en
venir à bout. J'avais les pieds
serrés dans un nœud coulant
qui les étreignait sans qu'on
pût les remuer. D'ailleurs, tant
que mon cheval galopait je ne
pouvais me relever, et alors
qu'il s'arrêtait un instant je
n'avais pas le temps de me
redresser et d'atteindre la corde: il reprenait sa course et me
rejetait de mon long par terre.
Une autre chose m'embarras-
sait encore: avant de m'endor-
mir j'avais endossé ma couverte à la mode des Mexicains,
c'est-à-dire que j'avais passé
ma tête par une fente pratiquée

au milieu, et, dès le commence-
ment de cette course effrénée,
mon mackinaw s'était enroulé
autour de ma tête, de façon à
presque m'étouffer. Peut-être
aussi, et j'y réfléchis plus tard,
cette couverte m'épargna de
nombreuses meurtrissures ,
bien que pour le moment elle
me fit faire tout le mauvais
sang imaginable.

Je finis enfin par m'en
débarrasser, après avoir fait
un bon mille, suivant mon cal-
cul ; il me fut alors permis de
distinguer ce qui se passait
autour de moi. Que vis-je ! amis
lecteurs, la lune était levée
et la terre couverte de neige ;
elle était tombée pendant que je

dormais. Mais cela n'était rien ; ce qu'il y avait l'affreux à voir, c'est que tout près de moi et tout autour de moi la prairie était couverte de loups, de maudits loups de prairies. Je pouvais distinguer leurs langues pendantes et la vapeur qui sortait de leurs gueules béantes.

Dès que je ne fus plus embarrassé de ma couverte, je me servis de mes bras avec toute l'habileté possible. Deux fois je saisis le licol, mais avant que je pusse me redresser et arrêter le cheval, une nouvelle secousse me l'arrachait des mains.

Je réussis pourtant à pren-

dre mon couteau, et dès que
j'en trouvai l'occasion j'essa-
yai de couper la corde. J'enten-
dis le bruit sec de l'acier; et je
restai immobile sur la prairie;
je crois même que j'étais à
moitié évanoui.

Cette faiblesse ne fut pas
de longue durée, car en reve-
nant à moi, je vis mon cheval à
un demi-mille plus loin, galopant de toute la vitesse de ses
jambes, et serré de près par
une troupe nombreuse de
loups. Il en était resté quelques-
uns autour de moi, mais je me
remis sur mes jambes, et je
me jetai sur eux à coups de
couteau. Je puis vous assurer,
amis lecteurs, qu'ils ne restè-

rent pas longtemps à me con-
templer.

Je jetai ensuite les yeux
dans la direction que suivait
mon cheval, jusqu' à ce qu'il fut
hors de vue. Alors, je me mis
en quête de ma couverte, que
je n'eus pas de peine à retrouver. Puis, guidé par les traces,
je retournai sur mes pas pour
chercher mon fusil et mes
autres effets à l'endroit où
j'avais établi mon bivouac.
La piste n'était pas difficile
à suivre; je pouvais voir sur
la neige le sentier par lequel
j'avais été traîné, et où mon
corps avait tracé son sillon.

Une fois en possession de
mon bagage, je songeai à attra-

per mon poulain : je le suivis à la piste pendant au moins dix milles, mais, oncques je ne l'ai pas revu. Les loups l'avaient-ils dévoré ou non, je l'ignore, et je m'en inquiète fort peu ! Quelle stupide brute ! Je voyais dans la neige l'empreinte des pattes des loups couvrir les pas de mon cheval, et je finis par me dire qu'il était inutile d'aller plus loin. Il était évident que je me trouvais entraîné au beau milieu des prairies, et qu'il fallait gagner à pied le fort Laramie. Je marchai pendant trois jours, et je vous fais grâce des malédictions que j'adressai à ce méchant cheval mexicain.

C'était vraiment trop de
malheur! Je n'avais pas dans
tout le corps un os qui ne fût
ébranlé dans sa place naturelle ; on eût dit qu'on m'avait
broyé dans un moulin à sucre ;
ma peau et mes vêtements se
trouvaient en lambeaux, et
sans la couverte qui entourait
ma tête et la couche de neige
qui rendait le terrain plus glissant, j'eusse été cent fois pour
une écrasé sur les pierres de la
route.

J'arrivai cependant sain et
sauf au fort Laramie, où je pus
me procurer un équipement
tout neuf de peau de daim et
un bon cheval.

Depuis ce jour, je n'ai jamais

pu voir un loup de prairie à
portée de ma carabine sans lui
envoyer une balle, et j'en ai
abattu pas mal sur mon chemin. Que le diable confonde
ces maudits loups de prairie ? »

LE

MUSQUAH

Le rat musqué des Etats-
Unis est le musquash des marchands de fourrures « fiber
zibethicus. » Son nom lui vient
de sa ressemblance avec le rat
commun et de son odeur de
musc produite par des glandes
placées près de l'anus. Les
Indiens l'ont appelé musquash;

c'est là, du reste, une coïncidence assez remarquable, car le mot musk est d'origine arabe, tandis que celui de musquash serait un dérivé du français musc. Les premiers marchands de fourrures canadiens étaient Français ou d'origine française, et ce sont eux qui ont fait la nomenclature de tous les animaux à pelleteries de cette contrée. Plusieurs points de ressemblance qui existent entre cet animal et le véritable castor « castor fiber » lui ont fait donner par les naturalistes le nom de castor musqué. Du reste, les musquash et les castors paraissent être de la même espèce, et c'est ainsi que

Linnée les avait classés ; mais
les nouveaux inventeurs de sys-
tèmes ont divisé la famille, non
pour simplifier la science, ainsi
qu'on pourrait l'imaginer, mais
pour faire croire qu'ils étaient
de profonds observateurs, dont
les découvertes mettaient à
l'ombre celles de leurs devan-
ciers.

Les dents, — ces organes
favoris du naturaliste de cabinet, qui lui servent de texte
pour allonger les pages de ses
théories, — l'ont autorisé à
poser une ligne de démarcation
entre le castor et le rat musqué,
bien que les mœurs de ces
animaux prouvent qu'ils sont
de la même espèce, comme le

mâtin appartient au genre
lévrier, et même de bien plus
près encore. Ce qu'il y a de
certain, c'est qu'ils sont si
parents l'un de l'autre, que les
Indiens, dans leur langage pit-
toresque, les appellent « cou-
sins. »

La forme du rat musqué diffère peu de celle du castor.
C'est un animal à l'encolure
épaisse, au corps arrondi et
d'une apparence plate : son nez
est écrasé, ses oreilles sont
courtes et entièrement cachées
dans sa fourure ; il a des mous-
taches roides comme celles du
chat, le cou enfoncé dans les
épaules, les jambes peu allon-
gées, les yeux petits et noirs.

4

et les pattes armées d'ongles aigus : celles de derrière, plus longues que les autres, sont à moitié palmées, tandis que les pattes du castor le sont entièrement.

Un fait digne d'attention, relatif à la queue de ces deux amphibies, c'est que chez tous les deux elle est presque entièrement dépourvue de poils, couverte d'écailles, et tout à fait aplatie.

Tout le monde a une idée de l'appendice caudal du castor et du parti qu'il sait en tirer ; personne n'ignore quel est l'usage particulier de ce membre de l'animal employé par lui en guise de truelle de maçon ; on

connaît sa largeur énorme, son
épaisseur, son poids qu'on
pourrait comparer à une palette
de jeu de paume. La queue du
rat musqué, comme celle de son
congénère, est dépourvue de
poils, couverte d'écailles et très
aplatie ; mais au lieu de se trouver placée dans un sens hori-
zontal, comme chez le castor,
la partie plate est soudée verti-
calement.

En outre, la queue du rat
musqué n'a pas la forme de la
truelle ; elle va en s'amoindris-
sant comme celle du rat commun. En un mot, il a tant de
ressemblance avec les rats de
nos habitations, qu'on ne peut

le voir sans ressentir un dégoût insurmontable.

Du museau à l'extrémité de la queue, le rat musqué a près de vingt pouces de long, et la grosseur de son corps est environ la moitié de celle du castor. Il est doué du pouvoir singulier de se contracter de telle sorte, qu'il ne paraît plus que la moitié de sa taille ordinaire, ce qui lui permet de passer par des ouvertures impénétrables pour des animaux bien plus petits que lui.

Sa couleur est d'un roux brun sur le dos et cendrée sous le ventre. Il y a cependant, sous ce rapport, bien des exceptions bizarres; on en a vu de tout

noirs, de tout blancs, et d'autres
d'un pelage mélangé noir et
blanc. Sa fourrure, épaisse et
douce, ressemble à celle du castor, sans être d'aussi belle qualité. On y trouve de longs poils
roides et de couleur rousse plus
longs que le reste; la queue surtout est peu garnie.

Les mœurs du rat musqué
sont aussi singulières, pour ne
pas dire davantage, que celles
de son cousin le castor, surtout
si on laisse de côté toutes les
excentricités qu'on a prêtées à
ce quadrupède; on peut même
ajouter que dans l'état domestique le rat musqué montre
beaucoup plus d'intelligence
que le premier.

De même que le castor, c'est un animal amphibie; on ne le trouve que dans les contrées où il y a de l'eau, et jamais sur les hauteurs arides et desséchées.

Sa région, à lui, s'étend sur toute la surface de l'Amérique du Nord, partout où l'herbe croît et partout où l'eau coule. Il est probable qu'il est originaire du continent méridional; mais nous ignorons en grande partie l'histoire naturelle de cette zone de notre pays, — et nous bornerons nos remarques sur ce sujet.

A l'encontre de celle du castor, l'espèce du rat musqué ne

paraît pas devoir disparaître de sitôt.

En Amérique, de nos jours, on ne trouve plus le castor que dans les parties les plus reculées des solitudes inhabitées. Autrefois, on le rencontrait dans tous les Etats qui bordent la mer Atlantique ; il y est aujourd'hui complètement inconnu. Si parfois on aperçoit encore un castor dans ces Etats riverains de l'Océan, ce n'est plus, comme autrefois, sur une digue formant phalanstère, surmontée de dômes artistement construits : ce castor habite, comme un ermite solitaire, dans un terrier ; il est malingre, rachitique et mal peigné.

Le rat musqué, au contraire,
fréquente les habitations de
pionniers. On rencontre rarement une mare d'eau, un étang,
un ruisseau qui n'ait une ou
plusieurs familles de rats musqués demeurant sur ses bords.

Pendant une partie de l'année, ce petit animal vit en société ; le reste du temps il se plaît
dans la solitude. Le mâle diffère
peu de la femelle ; seulement il
est un peu plus gros et sa
fourrure est beaucoup plus
belle.

Avec le printemps, commen-
ce pour lui la saison des amours;
son odeur musquée est alors
si forte, qu'elle se fait aisément
sentir dans le voisinage de sa

demeure. A cette époque, il se choisit une compagne à laquelle il reste invariablement fidèle. On croit que cette union dure pour toute leur existence. Quand la lune de miel est passée, ils se creusent un terrier sur le bord d'un ruisseau ou d'un étang, ordinairement dans quelque endroit écarté et par conséquent très sûr, entre les racines d'un arbre, et toujours dans une situation telle, que l'eau, dans ses plus fortes crues, ne puisse atteindre le nid construit à l'intérieur.

L'ouverture du terrier se trouve assez souvent au dessous du niveau du courant, de sorte qu'on ne peut aisément le découvrir. L'intérieur de cette demeure est tapissée de mousse ou d'herbes moelleuses. Les petits sont au nombre de cinq à six, et la mère les élève avec le plus grand soin, se hâtant de leur inculquer de bonne heure ses meilleures habitudes. Le mâle ne se mêle point de leur éducation ; on le voit pendant tout le temps que dure l'incubation et l'élévation, errer seul dans le voisinage ; ce n'est qu'en automne, lorsque les petits sont forts et capables de subvenir à leurs besoins, que le père retourne auprès de sa famille, et aussitôt tout le monde se met à l'œuvre pour la construction des quartiers d'hiver, Dès que leur nouvelle habitation, qui est bien diffé- rente de la première, est ache- vée, ils abandonnent celle où ils sont nés. Pour construire cette demeure destinée à les garantir du froid, ils choisis- sent une pièce d'eau qui, selon leurs prévisions, n'est pas sus- ceptible de geler jusqu'au fond; si elle est traversée par un cours d'eau, elle n'en vaut que mieux pour eux. Sur le bord, ou souvent même dans quelque petite île au milieu, ils élèvent une sorte d'édifice en forme de dôme, creux en dedans, et ayant beaucoup de rapport avec l'habitation du castor. Ils n'ont pour matériaux que l'her-

be et la boue qu'ils tirent du
fond de la rivière.

L'entrée de cette demeure
est souteraine et se compose
d'une ou de plusieurs galeries
qui, par une ouverture, com-
munique au dessous de l'eau.
Dans les endroits où une inon-
dation serait à craindre, la terrasse intérieure est exhaussée;
et même souvent ils pratiquent
des galeries pour se ménager
un lieu de repos à pied sec, en
cas où la partie inférieure vien-
drait à être inondée. Ils ont, du
reste, toujours soin de se ménager une sortie libre pour aller
en quête de leur nourriture, qui
consiste en plantes aquatiques

faciles à trouver dans leur voisinage.

Dès que la construction est
achevée et que le froid com-
mence à se faire sentir, la famille entière, composée du père,
de la mère et des petits, s'y
renferme et y passe tout l'hiver. Ils n'en sortent que pour
les besoins indispensables. Au
printemps, cette demeure est
abandonnée pour n'y plus revenir.

Quelle que soit la rigueur de
l'hiver, tant qu'ils se tiennent
clos dans leur cabane, ils n'ont
rien à craindre du froid. La
chaleur seule de leurs corps,
serrés comme ils le sont, côte
à côte, et même parfois les uns

5

par dessus les autres, suffirait
pour les en défendre. Plus encore, leurs murs de boue ont
plus d'un pied d'épaisseur, et
ni la pluie ni la gelée la plus
violente ne sauraient pénétrer
dans l'intérieur de ces huttes
fantastiques.

On a remarqué relativement
aux habitations des rats musqués, un fait curieux qui prouve
que la nature les a conformés
de manière à ce qu'ils sachent
se plier aux circonstances dans
lesquelles ils peuvent se trouver placés. Les philosophes
appellent cela de l'instinct ;
mais, selon nous, c'est la mar-
que qu'une haute intelligence a
pourvu à leur conservation.

C'est une preuve de la providence.

Dans les pays méridionaux, tels que la Louisiane, par exemple, où les cours d'eau ne gèlent pas l'hiver, le rat musqué ne se bâtit pas d'habitation comme celle que nous venons de décrire ; il vit toute l'année dans son terrier, creusé sur la rive, il peut ainsi sortir et aller en toute saison pour chercher sa nourriture.

Dans le nord, c'est autre chose. Pendant des mois entiers, les rivières sont couvertes de glaces épaisses ; le rat musqué ne pourrait sortir de son asile ni par dessous ni par dessus la glace : dans ce dernier cas, l'ou-

verture qu'il lui faudrait prati-
quer trahirait sa présence et il
se verrait bientôt attaqué par
des chasseurs, des chiens et
beaucoup d'autres ennemis.
Quand bien même il aurait sous
l'eau une sortie par laquelle il
pût se soustraire aux attaques
de ceux qui le recherchent, il y
périrait bientôt faute d'air; car,
bien que le rat musqué soit un
amphibie, comme le castor et
la loutre, il ne saurait vivre absolument sous l'eau. Il faut que
de temps en temps il vienne
respirer à la surface. En hiver,
les eaux courantes ne lui four-
nissent pas sa nourriture favo-
rite, tirée principalement de la
tige et de la racine de certaines

plantes aquatiques, qu'il trouve
en abondance dans les maré-
cages, où, du reste, il est bien
moins en butte aux attaques de
l'homme et des animaux carnassiers, parmi lesquels on cite
la martre et le putois.

En outre, dans les marais,
l'homme ne peut facilement approcher de l'habitation du rat
musqué, à moins que la glace
ne soit très épaisse. C'est à
cette époque qu'existe vraiment pour lui un danger de
tous les jours, et, malgré cela,
il sait toujours trouver quelque
issue pour s'échapper lorsque
arrive le moment du péril.

Avec quelle tendresse cette
petite créature sait changer ses

habitudes selon la position géo-
graphique où elle se trouve !
Tout à fait au nord, dans les
contrées hyperboréennes, fré-
quentées seulement par la
compagnie de la baie d'Hudson, les lacs, les rivières et
même les sources gèlent en
hiver. Les marais de peu de
profondeur sont glacés jusqu'au fond. Comment alors le
rat musqué peut-il sortir sous
l'eau ?

Voici les moyens qu'il met
en usage :

Il choisit d'abord un lac d'u-
ne certaine profondeur, et,
dès que la glace peut le porter,
il y fait un trou au dessus duquel il élève sa maison coni-

que ; par ce trou il va chercher
au fond de l'eau tous les matériaux qui lui sont nécessai-
res. L'habitation se trouve
ainsi en relief sur le lac ; l'ouverture, qui n'est autre que le
trou primitif, se trouve située
dans la terrasse intérieure, et
reste toujours dégagée, tant
par les soins qu'y apportent
les habitants que grâce à leurs
sorties continuelles pour aller
en quête de leur nourriture,
empruntée, comme je l'ai dit,
aux racines du marécage.

Cette construction singuliè-
re, avec pignon sur la surface
du lac et une sortie sous l'eau,
suffirait pour le mette à l'abri
des attaques de ses ennemis

ordinaires, les animaux carnassiers : peut-être n'est-ce que
pour se défendre des quadru-
pèdes rapaces que la nature a
songé à le prémunir ; mais,
malgré son adresse et toutes
ses ruses, le rat musqué ne
peut lutter avec un ennemi plus
habile que lui, et cet ennemi,
c'est l'homme.

La nourriture du rat musqué
est variée, il mange des racines de plusieurs espèces de
nénuphars ; mais son meilleur
régal, c'est la racine des ro-
seaux « calamus ou acorus
aromaticus. » On sait qu'il se
nourrit de coquillages, et on
trouve fréquemment près de sa
hutte des monceaux de coquil-

les de moules d'eau douce.
Quelques personnes assurent
qu'ils mangent du poisson ;
mais on en a dit autant du castor, et ce fait n'est pas encore
clairement prouvé. Les naturalistes de cabinet soutiennent le
contraire, se fondant toujours
sur leur argument favori, la
denture de l'animal ; quant à
moi, j'ai fort peu de confiance
dans le système des dents, depuis que j'ai vu des chevaux,
des bœufs et des pourceaux
manger avec avidité de la
chair, du poisson et de la
volaille.

Le rat musqué s'apprivoise
facilement et devient docile et
familier ; il est très intelligent,

et se plaît à caresser la main
de son maître. Les Indiens et
les colons du Canada en élèvent souvent dans leur maison ;
mais ces animaux ont tant de
ressemblance avec le rat commun, à l'époque du printemps,
ils émettent une odeur si nau-
séabonde, qu'il leur sera difficile d'être jamais admis en
compagnie des chiens et des
chats comme familiers d'une
maison. Il est assez difficile
de les tenir enfermés : en
moins d'une nuit, ils ont l'habileté de se frayer un passage en
rongeant les planches de la
boîte où on les avait enfermés.
Leur chair, quoique ayant une
saveur un peu musquée, sert

quelquefois de nourriture aux Indiens et aux chasseurs de race blanche ; mais les trappeurs et les Peaux-Rouges mangent volontiers de presque tout ce qui a vie, souffle et mouvement. J'ai connu des Canadiens qui mangeaient par goût la chair du rat musqué.

En général, ce n'est pas pour sa chair qu'on recherche cet amphibie, sa fourrure est d'une bien autre importance ; car elle est presque égale en valeur à celle du castor pour la fabrique des chapeaux, et le prix qu'en retirent les Indiens et les trappeurs de la race blanche les dédommage amplement des fatigues qu'ils ont supportées pour se la procurer. On s'en sert aussi pour confectionner des boas et des manchons qui ressemblent assez aux fourrures de la martre américaine « mustela martes » : son bon marché le fait souvent préférer à cette dernière. C'est un des articles réguliers du commerce de la compagnie de la baie d'Hudson, qui chaque année expédie des milliers de peaux de rats musqués. Si cet animal n'était pas d'une nature si prolifique, et en même temps s'il n'était pas si difficile à prendre, sa race serait bientôt éteinte.

La manière de chasser le rat musqué diffère de celle mise en

usage pour chasser le castor ;
on le prend maintes fois dans
les trappes préparées pour la
chasse de ce dernier, mais alors
une pareille capture est consi-
dérée comme un fâcheux con-
tre-temps, car, dans la trappe
où il s'est enfermé lui-même,
on aurait pu tuer un castor. On
le chasse aussi quelquefois au
chien courant, comme la loutre, et pour le prendre on dé-
couvre son terrier ; mais la
capture ne vaut pas la peine
qu'on a prise à défoncer sa demeure souterraine. Quelquefois un chasseur décoche un
coup de fusil à un rat musqué
en passant le long d'un ruisseau, mais presque toujours

c'est un coup manqué. Le petit quadrupède a disparu avec la rapidité d'une flèche, il a plongé sans produire dans l'eau le moindre bouillonnement, et une fois au fond, on ne le revoit plus.

Plusieurs tribus indiennes chassent le rat musqué pour avoir à la fois sa chair et sa fourrure ; ils ont pour le prendre des moyens particuliers. Ayant séjourné pendant un hiver dans un fort stitué près d'une tribu d'Ojibways, je vais vous raconter une des chasses à laquelle j'ai eu l'occasion d'assister et à laquelle j'ai pris part.

Chingawa, Indien de la tri-

bu des Chippeways ou Ob-
jibways, bien plus connu
par les habitants du fort sous
le nom de « Vieux-Renard, »
était un chasseur renommé
dans sa tribu. J'avais réussi à
gagner ses bonnes grâces. Ma
passion bien connue pour la
chasse avait de prime abord
été la cause d'un rapproche-
ment maçonnique entre nous ;
un vieux couteau qui ne me
servait plus, et dont je lui fis
présent, acheva de resserrer
les liens de notre amitié. L'ob-
jet ne valait pas quatre sous
de bon argent, et cependant il
réussit à faire du Vieux-Renard
mon meilleur ami. Toute sa
science de chasseur, fruit de

l'expérience de soixante hivers, devint ma propriété absolue.

Je n'avais pas encore été initié aux mystères de la chasse aux rats ; mais dès que la saison de ce « noble » exercice fut arrivée, le vieux chasseur m'invita à venir avec lui faire la guerre aux rats musqués.

Nous chargeâmes nos engins sur nos épaules, nous acheminant vers l'endroit où nous devions trouver notre gibier. C'était une rangée de petits lacs ou plutôt d'étangs qui s'écoulaient le long d'une vallée marécageuse, située à dix ou douze milles du fort.

Nos engins de chasse consistaient en un ciseau à glace

garni d'une poignée de cinq
pieds de long, une petite pioche, une sorte d'épieu très
long dont la pointe en fer ne
formait la lance que d'un côté,
et une perche légère, droite et
souple, ayant à peu près douze
pieds de longueur.

Nous nous étions munis
d'une petite provision de vivres
et de combustibles, — jamais
un Indien pur sang ne marche
sans cela ; — nous emportions
aussi nos couvertures, car notre intention était de passer la
nuit près des lacs.

Après quelques heures de
marche à travers les silencieu-
ses forêts dépouillées de leurs
feuilles, quand nous eûmes pas-

sé sur la glace des lacs et des rivières, nous parvînmes au grand marais, qui, comme on le pense bien, était aussi couvert d'une glace épaisse. Il eût été facile de nous aventurer dessus avec un chariot lourdement chargé et son attelage, sans crainte d'écorner tant soit peu cette surface polie comme un miroir.

Nous parvînmes bientôt près de quelques petits monticules ayant la forme de dômes qui s'élevaient au dessus du niveau de la glace ; ils étaient bâtis de boue consolidée au moyen de différentes sortes d'herbes aquatiques, et la gelée leur avait donné la dureté de la pierre. Sous chacune de ces voûtes, le Vieux-Renard savait qu'il y avait au moins une douzaine de rats musqués peut-être trois fois plus encore, — confortablement couchés et dormant ensemble côte à côte.

Comme on n'apercevait aucun trou ni aucune entrée, il était important de savoir comment on atteindrait ces amphibies. Nous creuserons tout bonnement leurs terriers à l'aide d'une pioche, me disais-je, jusqu'à ce que nous puissions pénétrer à l'intérieur ; mais ce moyen-là même n'eût pas été un mince travail. D'après ce que me dit mon compagnon, les murailles avaient bien trois

pieds d'épaisseur, et cette boue
pétrie était devenue, grâce à la
gelée, aussi dure que des bri-
ques cuites au feu. Et puis,
quand nous aurions réussi
à défoncer la hutte, y rencon-
trerions-nous les habitants ?

Il était plus que problable
qu'après toutes nos peines,
nous eussions trouvé les cases
vidés. C'était l'avis de mon compagnon, qui m'apprit alors que
chaque hutte était pourvue de
passages intérieurs et sous-
marins, qui permettaient aux
rats musqués de s'évader longtemps avant que l'on pût arriver jusqu'à eux.

Je me demandais comment
nous allions procéder ; mais le

Vieux-Renard n'était pas le moins du monde embarrassé. Il jeta à terre ses engins de chasse devant un des monticules, et se mit à l'œuvre sur-le-champ.

La loge à rats qu'il avait choisie était avancée dans le lac, à quelque distance de la rive, construite entièrement sur la glace ; et comme le savait bien le vieux chasseur, il y avait dans la terrasse intérieure un trou par lequel les animaux pouvaient pénétrer dans l'eau à volonté. Comment donc pouvait-il les empêcher de s'échapper pendant que nous serions occupés à enlever le toit ? Voilà ce qui m'embar-

russait ; aussi je suivis avec intérêt tous les mouvements de
mon compagnon.

Au lieu d'attaquer la hutte,
il commença, à l'aide de son
ciseau, à tailler un trou dans la
glace, à environ deux pieds des
murs. Quand il eut achevé son
premier trou, il en fit un second, puis un autre, et enfin
un quatrième ; le tout disposé
de manière à former un carré
au centre duquel était la loge
du rat musqué.

Les préparatifs étaient
achevés pour celle-là ; il alla
donc creuser le même nombre
de trous autour d'une autre
case, puis d'une troisième, et
enfin d'une quatrième, procé-

dant aussi méthodiquement que pour la première.

Enfin, il revint à celle par laquelle il avait commencé, en ayant soin, cette fois, de faire le moins de bruit possible. Il tira de son sac un filet carré fait de lanières de cuir de daim, dont la largeur était celle d'une couverture ordinaire, et, procédant de la manière la plus ingénieuse qu'on puisse voir ; il le fit glisser sous la glace jusqu'à ce que les quatre coins fussent ramenés à l'orifice des trous, au travers desquels il les ramena pour les assujettir fortement au moyen d'une ligne qui les reliait tous les quatre ensemble.

Le procédé mis en usage
pour faire glisser le filet sous
la glace m'avait rempli d'admi-
ration. Ceci s'effectuait à l'aide
d'une ligne que l'on faisait passer d'un trou à un autre, en se
servant pour cela de la perche
flexible dont j'ai déjà parlé.
Cette perche, introduite dans
l'un des trous, conduisait la
ligne, et était elle-même diri-
gée par deux bâtons fourchus
qui la guidaient ainsi d'ouverture en ouverture. La ligne
fixée aux quatre coins du filet
servait à le tenir solide dans sa
position.

Le Vieux-Renard s'acquit-
ta de tous les détails de cette
curieuse opération avec une

grande habileté, et en évitant de faire le moindre bruit, ce qui prouvait qu'il n'était pas novice dans l'art de la chasse aux rats.

Le filet ainsi serré sous la surface extérieure de la glace, devait nécessairement boucher le passage de sortie, et il est évident que si les rats musqués étaient chez eux, ils ne pouvaient pas s'en échapper.

Mon compagnon m'assura qu'on les y trouverait. Il m'expliqua alors pourquoi il n'avait pas fait usage du filet dès que les trous avaient été taillés dans la glace : c'était afin de laisser le temps de revenir à ceux des membres de la famil-

6

le qui pouvaient avoir été ef-
frayés par le bruit. Ne savait-il
pas pertinemment que ces animaux ne peuvent demeurer
longtemps sous l'eau ?

Il me donna bientôt des preu-
ves de ce qu'il avançait. En
quelques minutes, à l'aide du
ciseau à glace et de la pioche,
nous eûmes percé le dôme, et
là, à moitié endormis en apparence, ou plutôt éblouis par
l'irruption soudaine de la lumière , nous aperçûmes blottis
dans la mousse, au milieu
d'herbes sèches, huit énormes
rats musqués.

Avant même que je n'eusse
eu le temps de les compter, le
Vieux-Renard les avait tous,

l'un après l'autre, transpercés de son épieu.

Nous allâmes ensuite vers l'une des autres cases devant lesquelles nous avions troué la glace, et renouvelant la même série d'opérations préliminaires, mon compagnon fit encore une capture de six individus.

Dans la troisième, il n'en trouva que trois.

A l'ouverture de la quatrième, un spectacle étrange s'offrit à nos yeux. Il n'y avait plus qu'un seul être vivant, et encore nous parut-il près de mourir de faim; il était si maigre qu'on ne lui voyait plus que les os et la peau, et, sans aucun doute, la pauvre petite bête se

trouvait depuis longtemps pri-
vée de nourriture. Près de lui
gisaient les squelettes de plusieurs petits animaux que je
reconnus tout de suite pour
être des rats musqués. La sim-
ple inspection du nid nous
dévoila tout le mystère. Le passage, qui, dans les autres, tra-
versait la glace et était parfaitement ouvert, se trouvait dans
celui-ci complètement gelé.
Les habitants n'avaient pas
songé à le tenir en état, tant
que la glace avait été assez fai-
ble pour pouvoir la briser ;
dans cette terrible alternative,
poussés par la faim, ils s'étaient
battus, les plus faibles avaient
été mangés par les plus forts,

jusqu'à ce qu'enfin il n'y eût
plus qu'un seul vivant.

Nous comptâmes les sque-
lettes, et nous vîmes que cette
case, emprisonnée par la glace,
n'avait pas contenu moins de
onze habitants.

L'Indien m'assura que dans
les hivers rigoureux de tels cas
ne sont pas rares. Quelquefois
la gelée s'opère si rapidement,
que ces amphibies, — qui
peut-être ne songent pas à sortir de quelques heures, — se
trouvent enfermés par la glace,
et sont contraints ou de mourir de faim, ou de se dévorer
les uns les autres.

La nuit approchait, car nous
n'étions arrivés que très tard

sur les bords du lac. Mon compagnon proposa de suspendre
nos opérations jusqu'au lendemain matin. Je me rendis à
cette invitation. Nous nous di-
rigeâmes alors vers un massif
de sapins qui couvraient un
tertre près du rivage, et il fut
convenu que nous passerions
la nuit dans cet endroit.

Le feu brilla bientôt, alimenté
par des pommes de pins. Nous
avions grand appétit, et je
m'aperçus que des provisions
que j'avais apportées et dont
j'avais déjà fait mon diner, il me
restait à peine de quoi faire un
maigre souper. Ces syptô
mes de disette ne parurent pas
émouvoir le moins du monde

mon compagnon, qui se mit
tranquillement à écorcher quelques rats, les fit griller sur le
feu, et les mangea d'aussi bon
cœur qu'il aurait pu le faire de
succulentes perdrix. J'avais
faim, mais je n'étais pas assez
affamé pour goûter à ce mets
particulier ; je me contentai
donc de le considérer avec un
étonnement quelque peu mêlé
de dégoût.

Il faisait un clair de lune su-
perbe, une des plus belles nuits
que j'eusse jamais vues. La
neige était tombée tout juste
assez pour couvrir la terre, et
sur les pentes des collines,
recouvertes de cette blanche
poussière, on distinguait la

forme pyramidale des pins et
les franges régulières de leurs
branches au feuillage effilé. Ces
arbres verts couvraient tous les
bords du lac : on aurait dit des
navires à l'ancre, les voiles
carguées et les vergues en
panne.

Tout à coup, tandis que je
m'abandonnais à une délicieuse
rêverie, je fus tiré de mon ex-
tase par un bruit confus qui
ressemblait à la voix d'une
meute de chiens ; je lançai à
mon compagnon un regard
d'interrogation.

— Ce sont des loups! fit il
tranquillement en continuant à
mâcher une cuisse de rat
grillé.

Les hurlements devenant de plus en plus distincts, nous entendîmes bientôt un bruit de pas qui résonnait sur le bois sec; il était évidemment produit par les sabots d'un animal galopant sur la neige glacée. Un instant après, un daim passa près de nous courant à toute vitesse; il s'élança hardiment sur la glace du lac. C'était un bel animal de l'espèce nommée renne, un caribou « cervus tarandus ». Il était facile de voir qu'il était couvert de sueur et presque rendu.

A peine venait-il de passer, que les hurlements recommencèrent de plus belle, se prolongeant en notes aiguës et sacca-

dées. Soudain, une bande de
loups, perdus dans l'obscurité,
apparut sur la lisière de la forêt.
Il pouvait y en avoir une douzaine, et ils couraient avec la
rapidité d'une meute de chiens
qui chasse à vue.

Leurs longs museaux, leurs
oreilles droites, leurs corps
maigres et allongés, se dessi-
naient parfaitement sur la neige. Je reconnus sur-le-champ
que c'étaient des loups, des
loups blancs de la plus grande
espèce.

Je m'étais levé sans hésiter,
non pas que j'eusse l'intention
de sauver le caribou, mais je
voulais assister à son hallali, et
dans cette intention je saisis

l'épieu et me mis à courir à sa
poursuite. Je crus entendre
mon compagnon crier comme
pour me recommander d'agir
avec prudence ; mais j'étais
trop emporté par l'ardeur de la
chasse pour faire attention à
ses avis. D'ailleurs, la faim
chez moi se faisait vivement
sentir, et j'avais en perspec-
tive un quartier de venaison
rôtie pour souper.

En arrivant sur le rivage, je
vis bientôt que les loups
s'étaient emparés du caribou et
le traînaient sur la glace. La
pauvre bête, trébuchant à chaque bond, n'avait pu faire que
peu de chemin sur le sentier
glissant, tandis que. comme les

chats, les loups s'aidaient de leurs ongles pour courir sur l'eau glacée. Le caribou s'était sans doute imaginé que cette surface luisante du lac était de l'eau. C'est ce qui arrive souvent à ces animaux, qui deviennent alors une proie facile pour les loups, les chiens et les chasseurs.

Je courais toujours avec l'espoir de chasser les loups et de leur enlever leur victime, et bientôt je fus au milieu de la bande, m'escrimant à l'aide de mon épieu.

Mais à ma grande surprise, comme aussi à mon grand effroi, je fus saisi d'horreur lorsque je vis qu'au lieu de lâcher prise,

quelques-uns d'entre eux con-
tinuaient à mordre le caribou à
belles dents, tandis que les
autres m'entouraient, la gueule
ouverte et les yeux flamboyants
comme des charbons.

Je poussai des cris, combat-
tant toujours en désespéré, et
piquant à l'aide de ma lance,
tantôt l'un, tantôt l'autre, mais
toutes les blessures que je
faisais à mes ennemis n'avaient
d'autre résultat que de les
rendre plus furieux et plus
acharnés.

Je soutins ce combat imprévu
pendant quelques minutes ;
mais je commençais pourtant
à m'épuiser. Un horrible sen-
timent de terreur se glissait

7

dans mes veines et paralysait
mes forces, lorsque l'appari-
tion soudaine de mon camarade
le Peau-Rouge Chingawa vint
me rendre tout mon courage.
Je brandis encore mon épieu,
usant de tout ce qui me restait
d'énergie, et en peu d'instants
plusieurs de mes adversaires
roulèrent assommés ou perfo-
rés sur la glace. Les autres,
épouvantés par la présence de
mon compagnon, armé de son
énorme ciseau à glace, et effra-
yés en outre par les « whoops »
de guerre proférés par l'Indien,
se hâtèrent de détaler au plus
vite. Trois d'entre eux cependant avaient exhalé leur dernier
souffle de vie, et à côté d'eux

nous trouvâmes le caribou à moitié dévoré.

Il en restait cependant assez pour préparer un excellent souper, et bien que mon compagnon eût déjà rongé jusqu'aux os la carcasse de trois rats musqués, il attaqua la venaison avec un tel appétit, qu'on aurait juré qu'il n'avait pas mangé de quinze jours.

PIGEONS VOYAGEURS

Le pigeon voyageur n'est pas aussi gros que le pigeon domestique. Lorsqu'il vole, on le prendrait pour un milan, avec la seule distinction que sa queue n'est pas aussi fourchue que celle d'une hirondelle ; elle est au contraire cunéiforme.

La couleur de ses plumes est
d'un gris ardoisé. Chez les mâ-
les, cette couleur est plus fon-
cée ; mais les plumes de leur
cou sont d'un vert changeant
mêlé d'or et de ramoisi, d'un
chatoyant dont rien ne saurait
donner une idée. Ce prisme ad-
mirable ne peut être observé
dans tout son éclat qu'au moment où l'on vient de tuer l'oiseau, ou quand on peut le voir
de près perché sur un arbre.
Le pigeon, lorsqu'il est captif,
perd ses couleurs, comme aussi elles se fanent aussitôt qu'il
perd sa vie. Ces couleurs pris-
matiques semblent être inhé-
rentes à la liberté à et la vie des
pigeons. Dès qu'il est privé de

l'une ou de l'autre, elles disparaissent en peu d'instants. Souvent j'ai remarqué que la couleur du pigeon que je venais de déposer dans la poche obscure de ma gibecière brillait comme le ferait une magnifique opale ; deux heures après, cet éclat n'existait plus, les plumes avaient assumé une couleur de plomb : ce n'était plus le même oiseau.

Conformément aux règles de la nature, qui sont particulières aux oiseaux de cette espèce, la femelle du pigeon est plus petite que le mâle ; son plumage est très ordinaire, ses yeux sont moins brillants. Chez le mâle, l'œil est d'une couleur orange éclatante et cerclée d'une ligne rouge ponceau d'une pureté infinie. C'est là, à ne pas le nier, une des plus magnifiques beautés du pigeon, et ne l'on ne peut se défendre de l'admirer dès qu'on examine un de ces oiseaux.

Un des faits qui étonnent au-delà de toute expression dans l'histoire naturelle des pigeons de passage est sans contredit celui de leurs vols innombrables. Audubon raconte avoir vu un vol qui contenait « un billion cent seize millions » d'oiseaux. Wilson parle d'un autre vol de pigeons de « deux billions deux cent trente millions » d'individus. Ces calculs

paraissaient fabuleux, mais je
suis loin de les révoquer en
doute. Je n'hésite pas à croire
qu'ils sont plutôt au dessous
qu'au dessus du nombre des
oiseaux aperçus par ces deux
naturalistes, qui ne purent se
livrer qu'à des conjectures d'à
peu près.

Mais d'où viennent donc ces
immenses volées ?

Les pigeons sauvages ni-
chent sur toute l'étendue du
continent américain, depuis les
parages de la baie nord de
l'Hudson jusqu'au sein des
forêts de la Louisiane et du
Texas. Ils construisent sur des
arbres élévés leurs nids, qui
ressemblent à de vastes aires

de corneilles. Dans le Kentucky, une de ces villes aériennes occupait quarante milles de long et deux de large. Sur un seul arbre on trouve souvent une centaine de nids ; il n'y a qu'un seul petit dans chacun d'eux. Les œufs sont d'un blanc mat, comme ceux des pigeons domestiques. Suivant l'usage de leurs congénères, les ramiers américains pondent plusieurs fois par saison, surtout lorsque la récolte est abondante dans le pays où ils font élection de domicile. Ils choisissent aussi pour perchoirs une forêt d'arbres dans un lieu désert, et là, chaque soir, ils viennent s'abattre à leur retour de leurs

excursions lointaines , — plusieurs centaines de milles,
— qu'ils parcourent d'un seul
trait en volant. Ce n'est vraiment là qu'une petite affaire
pour des voyageurs tels qu'eux,
qui franchissent un mille en une
minute ; il en est même qui ont
traversé l'Océan, de nos côtes
américaines jusqu'en Angleterre. Cependant les pigeons,
comme je l'ai moi-même observé, demeurent plusieurs
jours dans les mêmes bois où
ils ont trouvé à manger. J'ai
aussi remarqué qu'ils préfèrent
percher sur des branches basses dans le fourré, même quand
il y a au dessus d'eux des arbres
de haute futaie. Ce qu'ils aiment

par dessus tout, c'est de se
brancher près d'un cours d'eau,
sur les arbres dont les rameaux
s'étendent au dessus d'une
rivière, et dès le matin, avant
de reprendre leur vol pour
aller aux champs, on les voit
se poser sur les bords et boire
à longs traits.

Tout autour des grands perchoirs et des nids en plein air,
les oiseaux de proie se rassem-
blent en nombre. Les petits
vautours «cathartes aura» et le
«atratus», que l'on nomme dans
l'ouest de l'Amérique le buzard-
dindon et le corbeau de charo-
gne, ne se contentent pas seulement pour nourriture de
viande corrompue, ils aiment

à croquer les jeunes pigeons,
qu'ils précipitent hors de leurs
nids sur le sol avant de les
dévorer. Des faucons et des
milans se nourrissent aux
dépens des pigeonneaux; il n'y
a même pas jusqu'à l'aigle à
tête blanche (falco leucocepha-
lus) qui ne plane au dessus des
perchoirs et ne fonde de temps
à autre sur ces proies faciles
à saisir. Sur la terre, au dessous des pigeonniers en plein
air, d'autres ennemis attendent
le gibier: les uns n'ont que
deux pieds, les autres possèdent quatre pattes. Ce sont des
chasseurs armés de fusils et de
perches, des fermiers qui ont
amené leurs wagons pour

emporter le gibier abattu, et
des troupeaux de cochons que
l'on engraisse en les nourris-
sant de pigeons. La hache
attaque les arbres, d'énormes
branches se brisent sous le
poids de myriades d'oiseaux
qui, pour la plupart, sont
assommés dans leur chute.
On se sert de torches (car c'est
ordinairement pendant la nuit,
lorsque les oiseaux reviennent
de leur excursion dans les
champs, que la chasse com-
mence), des vases remplis de
soufre enflammé, et d'autres
engins de destruction. La
scène qui se passe alors est
une des plus bruyantes. Les bat-
tements des ailes des pigeons,

pareils au bruit des éclats du tonnerre, les coups de fusil, les cris des chasseurs qui se hèlent les uns les autres, ceux des femmes et des enfants qui se livrent à une joie démésurée, les aboiements des chiens, les hennissements des chevaux, les craquements des branches qui se brisent sous le poids des oiseaux, les coups de hache des bûcherons, tout cela réuni offre aux yeux un spectacle sans pareil, bien fait pour assourdir les oreilles.

Lorsque les chasseurs, fatigués du carnage et couverts de fiente, se sont retirés dans leur campement, non loin de l'endroit où s'élèvent les perchoirs..

et vont se livrer au repos de la
nuit, le terrain de chasse est
envahi par les loups-cotoyes,
les renards, les ratons et les
couguards, les lynx et les
grands ours noirs.

Tant d'ennemis acharnés
contre cette proie facile doi-
vent bientôt détruire le race
des pigeons de passage? A
cette demande fondée, on
répondra que ces oiseaux se
reproduisent en si grand nombre qu'une pareille crainte ne
peut exister. Et vraiment, si
les ennemis que je viens d'énu-
mérer ne faisaient pas des
trouées dans leurs rangs serrés, le manque de nourriture
produirait bientôt le même effet.

Que l'on calcule quelle est la
quantité de grains nécessaire
pour alimenter ces pigeons
sans nombre. Le vol décrit par
Wilson avait besoin, pour
vivre, de « dix-huit millions de
boisseaux de grains chaque
jour », et ce n'était là que l'un
de ceux — si nombreux sur le
continent de l'Amérique du
Nord — qui se multiplient et se
divisent en rangs pressés.
Mais, demandera-t-on, quelle
est la nourriture des pigeons
de passage? Ce sont les fruits
des forêts vierges : les glands,
les faînes des hêtres, les sei-
gles et les maïs, les baies de
toute sorte, telles que les mûres
sauvages, les merises et les

grappes du houx. Dans les régions du Nord, où toutes les baies sont rares, ils se nourrissent particulièrement de grains de genévrier (juniperus communis). Au sud des Etats-Unis, dans la région des plantations, le riz, les châtaignes et les glands doux servent à apaiser la faim dévorante de ces innombrables oiseaux. Toutefois, la principale nourriture des pigeons de passage consiste en faînes de l'espèce appelée « mast » dans ces pays. C'est un mets fort apprécié des pigeons, et heureusement les hêtres abondent en Amérique, surtout dans les immenses forêts du sud de l'Union.

Nous avons raconté pourquoi ces bois, peuplés de ηêtres, restent intacts dans la Louisiane et dans les autres États riverains ; aussi longtemps que cet état de choses durera, et que leur « mast » jonchera le sol, aussi longtemps les oiseaux de passage pulluleront-ils sous ces abris protecteurs.

La migration de ces oiseaux s'opère deux fois par an ; mais, à l'encontre des mœurs des autres individus de la gent empennée, ces voyages ne sont point réguliers. Leur changement de place n'est pas précisément une migration périodique, c'est plutôt une

existence nomade, car le seul
besoin de manger tient les
pigeons en motion et les force
à s'aventurer au loin. La nourriture vient-elle à manquer
ici, vite les voilà qui s'envo-
lent d'un côté opposé. La neige
tombe-t-elle plus épaisse qu'à
l'ordinaire dans les pays froids
du Nord, des vols immenses
s'élancent dans la direction des
États du centre, du côté de
l'Ohio et du Kentucky. C'est à
cette force majeure, qui con-
traint les pigeons de passage
à émigrer, que l'on doit la rencontre insolite de ces perchoirs
surchargés dont parlent les
naturalistes ; mais ce fait ne se
représente pas souvent. On

peut, dans l'ouest des États-
Unis, vivre de nombreuses
années et ne pas être témoin
de cette migration fabuleuse
mentionnée par Audubon et
Wilson, quoique chaque année
on se trouve à même de voir
des vols de pigeons si innombrables, que l'on demeure
étonné d'un pareil spectacle.

Qu'on ne s'imagine pas que
les pigeons américains sont
presque apprivoisés, comme
on l'a souvent raconté. Cela
n'arrive que quand ils sont très
jeunes ou bien lorsque, sur les
perchoirs, ils sont serrés les
uns près des autres, et que
l'éclat des torches les stupéfie
tout à fait.

Mais quand les pigeons
volent à travers bois à la recherche de leur nourriture, rien
n'est plus difficile que de les
approcher à portée de fusil et
de les tuer un par un. De ci et
de là on peut atteindre un ou
deux oiseaux écartés des
autres. On en voit maintes fois
éparpillés de toutes parts sur
des branches d'arbres, mais le
gros du vol se tient toujours
à un ou deux cents mètres de
distance. Aucun chasseur ne
peut se décider à tuer un
pigeon l'un après l'autre. Pourquoi le ferait-il? Voilà un arbre,
près de lui, littéralement couvert de pigeons; les branches
craquent sous ce poids énorme:

quel terrible massacre ne fera-t-il pas s'il peut se glisser à une portée favorable! Mais ce n'est point chose facile; il n'y a pas de buissons pour se cacher, il lui faudra s'avancer du mieux qu'il pourra.

Il s'approche peu à peu, doucement: les oiseaux ne bougent pas; ils épient chaque mouvement de leur ennemi, qui se glisse ou plutôt qui rampe avec une précaution inouïe. Le chasseur, de son côté, sacre et peste à voix basse chaque fois que les feuilles mortes et les brindilles de bois craquent sous ses pieds. Les pigeons n'ont pas encore bougé, et cependant plusieurs allongent le cou, comme s'ils voulaient prendre leur essor et fuir loin du danger pressenti.

Enfin le chasseur se croit à une bonne portée, il met son fusil en joue; au même instant le gibier s'envole, et, avant qu'il ait lâché la détente de son arme, les pigeons sont déjà loin et vont se percher sur un arbre placé à une distance immense.

Ce qui reste, ce sont des retardataires sur lesquels le sportsman décharge son fusil. Mais bien souvent c'est de la poudre perdue; le chasseur, furieux d'avoir manqué le gros vol, ne vise même pas, et c'est à peine si le pigeon perd quel-

ques plumes à ce jeu peu
dangereux pour lui.

On recharge alors son fusil,
et le chasseur-amateur, qui a
remisé le gros vol perché sur
l'arbre éloigné, recommence la
manœuvre (souvent encore
inutile), animé par l'espérance
de le rejoindre à une portée
plus favorable.

J'habitais alors la ville de
Cincinnati , lorsqu'un riche
planteur de mes amis, le colonel P"", dont la maison de
campagne était bâtie sur le
bord de l'Ohio, à environ soixante milles de la grande cité,
m'invita à venir à sa maison
pour assister à une grande

chasse aux pigeons qui devait avoir lieu en automne.

La plantation du colonel était bâtie au centre d'un bois de hêtres; aussi, chaque année, avait-il la visite de vols nombreux de pigeons de passage, et, à un jour près, il pouvait annoncer à ses amis l'heure à laquelle les oiseaux envahiraient son domaine. Tous ses intimes avaient été invités à prendre du plaisir à cette chasse.

Soixante milles à parcourir, ne sont que pure bagatelle pour nous, habitants de l'Ouest. Je me hâtai de m'installer à bord d'un steamboat remontant l'Ohio, qui, en quelques

8

heures, me déposa sur les
bords du fleuve, devant la maison seigneuriale du colonel P"".

Mon ami était le modèle des
gentlemen de nos forêts; car
vous admettrez, qu'il y a des
gens comme il faut même au
milieu des bois.

La maison du colonel méri-
tait d'être citée pas son élé-
gance et son confortable. Ce
n'était pourtant qu'une construction de bois; muraille et
toiture, tout était fait avec des
planches; mais cette maison
de matériaux si simples était
plus hospitalière que ne l'eût
été un palais de marbre. C'était
là une des prérogatives aimées
du maître de cette case, qui

s'élevait alors—et s'élève encore, je l'espère — sur le rivage nord de la « belle rivière », comme l'appelaient autrefois les Français, et à qui, de nos jours, on a restitué le nom indien de « Ohio ».

Elle était bâtie au milieu de bois, entourée de vastes défrichements mesurant près de deux cents acres de terres ensemencées de blé et de maïs, qui, à l'époque de ma visite, balançaient leurs tiges dorées et leurs épis à la crinière flottante aux souffles de la brise.

Il y avait aussi, parmi ces cultures, des champs de tabac et des plantations de cotonniers. Dans le jardin, le colonel

faisait pousser de magnifiques
pommes de terre, des patates
douces, des tomates, d'énormes melons d'eau, des canta-
loups, des melons musqués,
etc., légumes et fruits exquis
et de la plus belle venue. Des
grappes de piment rouge et
vert tranchaient sur la couleur
vivace des feuilles de leur tige,
des pois et des haricots d'espèces différentes grimpaient le
long des brindilles de bois qui
leur servaient de tuteurs.
Comme on le voit, la cuisine
du colonel devait être bien
pourvue.

Je n'oublierai pas de men-
tionner le verger, qui avait
plusieurs acres d'étendue, et

et dans lequel poussaient des arbres à fruit de la plus belle espèce : des pêches comme on n'en trouve nulle part dans le monde, et des pommes de la plus succulente qualité, car c'était ce qu'on nomme des pépins de Newton. Il y avait en outre des poires fondantes, des prunes exquises et des raisins en si grand nombre, que leur poids faisait incliner les branches de la vigne qui les portait.

Le colonel vivait au fond des bois, mais on ne pouvait pas dire qu'il était au milieu d'un désert.

Tout autour de l'habitation du maître, de vastes « log houses » (maisons faites de troncs

d'arbres horizontalement su-
perposés les uns sur les autres
et reliés ensemble par les
angles) servaient l'une d'écu-
rie, — et elle était remplie de
bons et de beaux chevaux,
— l'autre d'étable à vache,
l'autre de bergerie, celle-ci de
magasin à fourrage, de grenier
pour le blé et le maïs, celle-là
de saloir pour préparer les
cochons et les fumer, la cin-
quième d'usine pour préparer
le tabac, la sixième de remise
pour le coton et les machines
propres à préparer pour la
vente ; enfin, il y avait encore
plusieurs autres petites cases
destinées à différents usage,
sans compter des hangars

remplis de bois à brûler. Dans
un des angles de l'habitation,
une construction entourée de
murailles basses laissait devi-
ner un chenil; et, grâce aux
aboiements mélodieux qui, de
temps à autre, frappaient les
oreilles, on était persuadé qu'il
était habité. Si l'on jetait les
yeux, par une des ouvertures,
dans ce chenil, on y voyait une
douzaines de limiers et de
chiens courants de la plus belle
race.

Le colonel avait pour sa
meute une prédilection toute
particulière, car c'était un
grand chasseur. Au centre
d'un pâturage entouré de haies

s'ébaudissaient plusieurs magnifiques poulains, un cerf
apprivoisé, un jeune bison
capturé dans les prairies, des
poules du Japon, des pin-
tades, des dindons, des oies,
des canards et autres oiseaux
de basse-cour. Dans toutes les
directions, des barrières for-
maient des zig-zags, de la
ferme du colonel au bois qui
entourait sa propriété. Au
milieu des champs, il avait
laissé debout des arbres morts
dont les branches servaient de
cimeaux pour attirer les bu-
zards, les éperviers et les faucons aux pattes rugueuses,
tandis que, dans l'azur du ciel,
le milan à la queue fourchue

planait immobile prêt à fondre sur sa proie.

Telle était la résidence du colonel P***, et je ne tardai pas à m'apercevoir que je pouvais passer là plusieurs jours agréables, même si la chasse aux pigeons n'avait pas lieu.

Lorsque j'arrivai chez mon ami P***, tous ses hôtes m'y avaient déjà précédé. Je trouvai installés une trentaine de ladies et de gentlemen, tous jeunes, gais et bons vivants. Les pigeons n'avaient pas encore paru, mais on les attendait d'un moment à l'autre. Les arbres de la forêt, dont les feuilles avaient revêtu la teinte dorée et rougeâtre qui leur est par-

ticulière en automne`— la sai-
son la plus belle des États de
l'Oest. — donnaient au paysage
un aspect féerique et solennel.
Les noix sauvages et les baies
de toutes sortes jonchaient la
terre et offraient leur banquet
annuel à tous les oiseaux
sauvages. Les faînes des hêtres, dont les pigeons sont très
friands, se détachaient en noir
sur les feuilles jaunes qui couvraient le sol. C'était l'époque
favorable pendant laquelle les
oiseaux visitaient annuelle-
ment la plantation du colonel.
Ils ne devaient pas tarder à
paraître: cela était évident.
Aussi tout était prêt dans cette
expectative. Chaque chasseur

pouvait choisir entre un fusil à deux coups ou une carabine, et plusieurs dames demandèrent à être sérieusement armées pour se joindre à nous.

Dans le but de rendre le sport plus amusant qu'à l'ordinaire, notre hôte avait décrété un règlement de chasse conçu en ces termes :

Article 1er. Les chasseurs devront être divisés en deux escouades d'un nombre égal.

Art. 2. Chaque escouade devra parcourir une direction opposée.

Art. 3. On laisse aux dames le choix de suivre — le premier jour seulement — la compagnie de chasseurs qui leur convien-

dra. Mais pendant les autres
jours de la chasse, il ne devra
pas en être ainsi : les dames
seront forcées d'accompagner
le peloton de chasseurs qui, la
veille , aura tué le plus de
gibier.

Art. 4. A leur tour, les gentlemen qui se seront montrés
les plus adroits auront le pri-
vilège de choisir pour parte-
naire au dîner et au bal qui
suivra celle des dames qui leur
plaira le plus.

Art. 5. Le présent règlement
est de rigueur, etc.

Inutile de vous dire, que la
tâche de notre hôte n'était
point des plus aisées à remplir.
Les convives du colonel appar-

tenaient à ce qu'il y avait de
mieux dans l'aristocratie de la
société de l'Ouest ; la plupart
des jeunes hommes étaient
garçons, et, parmi les dames
présentes, il y avait trois ou quatre « belles » fort riches et d'un
physique très remarquable, qui
se laissaient volontiers faire la
cour par ces galants empressés
auprès d'elles. Le jour même
de mon arrivée, j'avais découvert les secrets de tous ces
cœurs épris les uns des autres,
et je compris que plus d'un,
dans le nombre, n'aurait pas
trouve agréable de se voir
séparé de la dame de ses pen-
sées, ainsi que le colonel l'avait
décidé. Il régnait un « esprit de

corps », une entente cordiale
des plus extraordinaires dans
toute notre société, et quand
les pigeons arrivèrent, chaque
escouade de chasseurs avait
juré de vaincre l'autre. Jamais,
j'ose le dire, je n'avais rencon-
tré une émulation pareille
entre deux corps d'armée.

Enfin les pigeons se montrè-
rent un beau matin, au lever du
soleil : la lumière en était obs-
curcie, car le nuage de pigeons
avait environ un mille de largeur ét plusieurs de longueur
lorsqu'il passa au dessus de
nos têtes. Le bruit que produi-
saient leurs ailes était pareil à
celui d'un vent impétueux qui
agiterait la cime des arbres ou

le gréement des mâts d'un
navire. Bientôt nous vîmes le
vol s'abattre dans la forêt. Les
pigeons s'étaient perchés sur la
cime des hêtres.

Le signal de la chasse fut
donné par le colonel P*** à tous
ses amis, qui se divisèrent en
ordre afin de suivre la direction
désignée à chaque escouade.
Plusieurs dames, armées de
fusils légers, revêtues d'un
costume « ad hoc », se joigni-
rent aux chasseurs : leur plus
grand désir était de contribuer
à la victoire de leur « beau »
respectif. Le chemin qui conduisait au bois ne fut pas long
à franchir : les oiseaux étaient
toujours là, et, sans tarder,

une fusillade des mieux nour-
ries fut ouverte des deux côtés.

Dans notre compagnie, nous
avions huit carabines à un
ou à deux canons, sans compter deux petits fusils dont deux
de nos héroïnes s'étaient em-
parées. Ces armes, à vrai dire,
étaient plus dangereuses pour
nous que pour les pigeons. On
s'étonnera peut-être en m'en-
tendant rapporter ici que nous
nous servions de carabines,
mais je répondrai que ceux
d'entre nous qui avaient pris
ces instruments de carnage, ti-
raient comme des maîtres
experts et ne manquaient jamais
un oiseau. Le bois était rempli
de pigeons disséminés, et, à

chaque pas, on pouvait déchar-
ger son fusil. Aussi, au lieu de
perdre leur temps à se rappro-
cher des grands vols, mes camarades et moi nous ne faisions
pas autre chose que charger
notre fusil et tirer sur les
pigeons. De cette manière, les
oiseaux se comptèrent bientôt
par douzaines.

Vers l'après-midi, lorsque
les pigeons eurent rempli leur
gésier de faînes et de baies, ils
se levèrent comme d'un commun accord, et disparurent
pour aller se coucher sur un
perchoir éloigné. Ainsi finit
notre chasse du premier jour
et lorsque nous comptâmes les
têtes de gibier tué par notre

campagnie, nous trouvâmes
« six cent quarante » pigeons.
C'était un nombre qui apparut
à nos yeux entouré d'une cou-
ronne de lauriers: aussi, nous
nous hâtâmes de rentrer au
logis du colonel, persuadés
que la victoire était à nous.
Hélas ! nos rivaux nous atten-
daient avec « sept cent vingt-
six pigeons ! Nous étions à
leur merci.

Je ne vous dirai pas quel fut
le chagrin causé par cette défaite à la plupart de ceux d'entre nous qui avaient des motifs
graves pour être vainqueurs.
Ils se voyaient humiliés aux
yeux des dames de leurs pen-
sées, dont, par la fatalité du

sort, ils devaient être séparés
le jour suivant. Cette idée était
fort amère pour le plus grand
nombre, car, comme je l'ai déjà
raconté, les cœurs avaient
parlé, et la jalousie, ce monstre
aux yeux verts, se hérissait
devant chaque intéressé.
C'était un spectacle navrant
pour nous, il faut l'avouer, que
celui du départ de toutes ces
belles dames avec nos antagonistes, tandis que nous nous diri-
gions d'un côté tout opposé, tris-
tes et silencieux.

Mais nous avions juré de prendre notre revanche et de con-
quérir les dames pour la chasse
du jour suivant. Nous tînmes
conseil, afin de nous encoura-

ger mutuellement et de nous concerter pour réussir. Puis chacun se mit à l'ouvrage au moyen de son fusil ou de sa carabine.

Ce jour-là, notre compte de gibier se trouva immense, grâce à un incident particulier que je vais vous expliquer. Comme vous le savez, les pigeons de passage, quand ils mangent, couvrent souvent le sol à ne pouvoir y jeter une épingle, et ils se pressent entre eux comme un troupeau de moutons qui a peur. Ils avancent tous dans la même direction; ceux qui sont derrière se hissent les uns sur les autres, afin de se placer en tête, de tel-

le sorte que l'on croirait voir
une vague agitée chargée de
plumes. Maintes fois , ne
pouvant trouver où poser les
pieds, les pigeons se reposent
sur le dos les uns des autres,
et cette masse grouillante de
créatures ailées s'avance ainsi
dans la direction des bois. Dans
ces moments-là, si le chasseur
peut tirer à portée, il doit abattre au moins deux douzaines de
pigeons d'un seul coup de fusil.
Chaque plomb porte, et souvent
même il sert à faire deux victi-
mes.

Tout en marchant dans la
forêt, je m'étais séparé de mes
compagnons, lorsque tout à
coup j'aperçus un vol incom-

mensurable qui venait dans ma
direction, en se bousculant de
la manière dont je viens de par-
ler. A la couleur de leurs plumes, je m'aperçus que c'étaient
de jeunes pigeons, qui, proba-
blement, ne devaient pas être
très alarmés. J'étais à cheval,
et je m'empressai de retenir ma
monture. Me plaçant ensuite
derrière un énorme tronc d'arbre, je voulus les laisser arriver
à portée. J'agissais ainsi plutôt
par curiosité, dans le but d'ob-
server, qu'avec l'intention d'a-
voir la chance de faire une heureuse trouée dans les rangs
pressés des oiseaux. Je n'avais
dans les mains qu'une carabine,
et c'est tout au plus si j'eusse pu

tuer deux ou trois pigeons d'un seul coup. La masse compacte avançait toujours, et quand elle fut à une distance de quinze pas, je tirai au beau milieu. A ma grande surprise, les pigeons ne se levèrent point, bien au contraire, ils avançaient toujours, jusqu'à ce qu'enfin ils arrivèrent sous les pieds de mon cheval. Ce dédain pour l'homme de la part d'un oiseau me transporta de colère : j'enfonçai mes éperons dans les flancs de ma monture, et je me lançai au galop au milieu de cette masse compacte, frappant de droite et de gauche, à mesure qu'ils voletaient autour de ma tête. Naturellement ils prirent leur

essor, et quand ils eurent disparu, je descendis de cheval,
afin de ramasser vingt-sept oiseaux qui avaient été les uns
écrasés par les pieds de mon
alezan, les autres abattus et assommés au moyen de la crosse
de mon rifle. Cet exploit me
rendit fier ; je me hâtai de remplir ma gibecière, et je mis en
quête de mes camarades de
chasse.

Notre parti, ce jour-là, rap-
porta «huit cents» et quelques
pigeons au manoir du colonel
P***, mais, alors à notre grand
désappointement, à notre chagrin sans borne, nos adversaires avaient une centaine de
pigeons de plus que nous!

Notre vexation était sans pareille, car nos riveaux avaient le monopole de toutes les dames : aucune concession, aucun passe-droit ne nous était fait.

Un pareil état de choses ne pouvait durer, il fallait nous tirer de ce mauvais pas ! Mais comment? nous demandions-nous. Quel moyen employer ? Ne pourrait-on pas user d'un peu de tricherie ? Il était évident que nos adversaires étaient meilleurs que nous.

Le colonel P*** appartenait à leur coterie, et nous savions que toutes les fois que son index pressait la détente de son fusil, la pièce de gibier était à

terre. Nous n'avions donc aucun atout dans les mains : il
fallait inventer une ruse. Je crus
devoir faire part à mes camarades d'infortune d'un moyen
dont j'avais ruminé la mise à
exécution pendant toute la
journée. Voici quel il était :

J'avais remarqué que les pigeons ne laissaient pas les
chasseurs arriver à portée,
mais qu'à quatre-vingts ou cent
mètres, ils ne paraissaient re-
douter ni les hommes ni les
chevaux. A cette distance, ils
se tenaient immobiles sur la
cime d'un arbre par milliers,
par cent mille. Il me vint donc
à l'idée qu'au moyen d'une
couleuvrine d'un énorme cali-

bre, on ferait des trouées immenses dans leurs rangs chaque fois qu'on s'en servirait.
Mais où trouver une pareille
arme de guerre. Tout à coup,
l'idée me vint d'avoir recours à
un obusier : je me souvins qu'à
la caserne de Covington il y
avait des obusiers de campagne
qui pourraient remplir notre
but. Un de mes amis comman-
dait la place. En se jetant à
bord d'un steamboat, il ne fallait qu'une heure ou deux pour
aller jusque-là. Je proposai
donc d'envoyer chercher un
obusier.

Inutile de dire que ma pro-
position fut reçue avec un en-
thousiasme sans pareil. On

convint de garder le secret et
de mettre sans tarder mon pro-
jet à exécution. Un steamboat
passait sur l'Ohio, nous le hé-
lâmes, et l'un de nous se dé-
voua pour porter mon message
à Covington. Le lendemain,
avant midi, un autre bateau à
vapeur ramenait notre compli-
ce, qui faisait débarquer clan-
destidement l'obusier deman-
dé, et le traînait à un rendez-
vous de chasse convenu à
l'avance. Mon ami, le capitaine
commandant de la batterie,
avait envoyé avec l'obusier un
caporal pour nous aider au
maniement de cet engin de
guerre.

Comme je l'avais bien pensé,

ce moyen répondit à notre attente ; à chaque décharge, une pluie d'oiseaux morts tombait sur le sol. D'un seul coup, nous en tuâmes «cent vingt-trois». Le soir notre gibecière monstre, où plutôt les sacs dont nous nous étions pourvus étaient remplis de plus de «trois mille» pigeons. Nous étions donc certains d'avoir le lendemain les dames avec nous.

Mais avant de rentrer à la maison de notre hôte pour jouir de notre triomphe, nous crûmes devoir tenir conseil. Demain, disions-nous, les belles seront des nôtres; mais indubitablement les filles d'Eve trahiront notre secret et dénonceront notre obusier. Comment prévenir ce bavardage?

Nous avions juré, tous les huit, de garder un silence inviolable sur notre manière de chasser, et pour que personne ne se doutât de ce que nous faisions, nous n'employions notre grand moyen que lorsque nous nous trouvions très éloignés de la maison du colonel, de manière que sa commotion ne parvint pas aux oreilles de nos antagonistes. Mais comment ferions-nous le lendemain? Oserions-nous confier notre secret aux lèvres roses de nos belles compagnes? L'opinion générale fut que ce n'était par faisable. Il nous vint alors

une nouvelle idée : nous pouvions, le jour suivant, ne pas
nous servir de l'obusier et
vaincre nos adversaires. Il ne
s'agissait, pour celà, que de
mettre en réserve une certaine
quantité de nos pigeons. Nous
décidâmes qu'on les placerait
en lieu sûr dans une cabane de
bûcheron qui se trouvait tout
près de l'endroit où nous te-
nions conseil. On alla chercher
le «squatter» qui maniait le hache dans le bois voisin. Nous
lui confiâmes notre gibier, qui
consistait en trois énormes
sacs de cinq cents oiseaux chacun, et nous gardâmes avec
nous le reste de notre chasse
pour le compte général. Il

était convenu que chaque soir nous puiserions dans notre provision de «quinze cents», de manière à toujours produire plus d'oiseaux que n'en pourraient tuer nos rivaux malheureux et désormais condamnés à subir leur défaite. Malgré la réussite de notre stratagème, nous ne renvoyâmes pas à la caserne de Convington le caporal et l'obusier. Les services de l'un et de l'autre pouvaient encore nous être utiles. On les consigna dans la cabane du bûcheron.

En entrant à l'habitation du colonel, nous le trouvâmes lui et les siens rayonnants de joie ; ils avaient rempli leur gibecière

outre mesure, mais nos sacs
étaient plus pleins que les leurs.
La satisfaction presque inso-
lente manifestée par nos antagonistes se changea bientôt en
un désappointement qui ressemblait un peu à de la mauvaise humeur.

Nous avions donc conquis
les dames!

Et nous ne nous séparâmes
d'elles qu'à la fin de la chasse,
sans que le parti vaincu, chaque
jour sans désemparer, pût devi-
ner la cause de la chance fatale
qui le poursuivait. Cette per-
sistance du sort était pour eux
d'autant plus bizarre que la
plupart étaient des chasseurs
d'une grande habileté, et

qu'alors ils ne comprenaient pas comment ils se trouvaient honteusement vaincus.

Malgré nos précautions, la détonation de notre pièce d'artillerie légère avait eu de l'écho: nos rivaux, aussi bien que les agriculteurs des environs, se demandaient quelle pouvait être la cause de ce bruit insolite qui ébranlait le sol et se répercutait dans les bois. Les uns disaient qu'il y avait de l'orage quelque part et que le tonnerre grondait ; les autres affirmaient qu'un tremblement de terre avait déchiré le sol dans les chaînes de montagnes voisines, ils allaient jusqu'à se persuader qu'ils avaient un balancement causé par le commotion. Cette dernière supposition paraissait la plus plausible, car la chasse que je vous raconte, mes amis, avait lieu quelques années après ce terrible tremblement de terre qui fit tant de ravages dans la vallée du Mississipi, et la terreur populaire se prêtait à prévoir un événement pire comme une chose très probable.

Vous comprendrez facilement, que nous usâmes de notre stratagème aussi longtemps que dura le passage des pigeons. La veille du départ de tous les hôtes du colonel, nous racontâmes. pendant la

réunion du soir, quel avait été
le moyen employé pour enchaî-
ner la victoire et la mettre
dans nos intérêts. La décou-
verte de notre secret suscita
des réclamations tant soit peu
anti-parlementaires, mais notre hôte, quoique l'un des vaincus, prit la plaisanterie en
bonne part, il en rit, et força
les autres à l'imiter. Le colone
P*** vit encore, et toutes les fois
qu'il en trouve l'occasion il
raconte à ses amis la « chasse
à l'obusier. »

A LA MER

PAR BÉNÉDICT-HENRY RÉVOIL

Il ne faut par s'imaginer que tout est couleur de rose dans un voyage de plaisance entrepris à bord d'un yacht bien ponté, très élégamment aménagé et somptueusement meublé. Tout irait pour le mieux si l'on naviguait sur un fleuve, ou même sur un lac abrité contre les tempêtes et les vents contraires ; mais une fois que l'on est lancé sur l'élément perfide, qui peut dire ce qui arrivera au voyageur assez audacieux pour affronter Neptune et Borée ?

Il nous souvient d'une excursion que nous avions entreprise, il y a quelques années, à bord du yacht « Minna, » appartenant à un riche Américain dont nous avions fait et cultivé la connaissance à Paris, dans les salons de M. F. de Lesseps. Cet aimable compatriote de Washington était venu de Philadelphie, son pays natal, au Havre, à bord du joli « petit navire » qu'il avait fait construire sur le Delaware. Il nous vantait la bonne tenue de « Minna » sur les flots de l'Atlantique et nous afflirmait qu'elle se comportait comme une jeune miss bien élevée et ayant d'excellents principes.

Un soir de mai, en 1873, tandis que nous fumions un excellent bravas, au coin du feu, en sippant une tasse de souchon, M. Carpenter me proposa de l'accompagner au Havre où il allait voir son « bâtiment » et son équipage. Je n'avais rien de pressé à faire, j'acceptai.

Nous partîmes dans un de des bons et confortables wa-

gons de le Compagnie de
l'Ouest où l'on ne sent pas
même les secousses de la
traction rapide d'une machine
emportée à toute vapeur. En
trois heures et demie, nous
entrions à la gare du chef-lieu
de la Seine-Inférieure : Une
voiture nous amenait bientôt
sur le quai où se tenait amar-
rée la « Minna » de M.
Carpenter.

Je passerai sur la description de ce joli vaisseau de
plaisance qui avait coûté
125,000 francs à son proprié-
taire.

Le capitaine du bord nous
fit les honneurs du navire
de son maître. Un excel-

lent déjeuner était préparé à notre intention. Nous y prîmes une part active, et quand, après avoir décoiffé une bouteille de champagne, les cigares et le café nous furent présentés, M. Carpenter me proposa d'aller faire une promenade en mer.

— Nous irons à Trouville, me dit-il, et nous reviendrons ce soir.

J'acceptai — fatale imprudence ! — La mer était calme comme un océan d'huile d'olive. La marée montait, nous pouvions sortir quand bon nous semblerait du port où se tiennent les vapeurs transocéaniques. A

deux heures , nous nous
trouvions vis-à-vis de Fras-
cati, et la « Minna » déplo-
yait sa voile , tandis que
le chauffeur mettait en jeu la
machine à vapeur.

Tout alla bien jusqu'à Trouville. Nous dinâmes aux
« Roches-Noires ». Nous allâmes voir ce qui se passait
au casino et à dix heures
du soir nous nous réem-
barquions à bord du yacht.

Hélas ! le vent avait fraî-
chi ; la mer moutonnait , le
roulis se faisait sentir et
un vent d'amont nous em-
pêchait de suivre la route
que nous voulions parcou-
rir. Enfin , lorsque nous

eûmes atteint la pleine mer,
la bourrasque se leva, qui
devint bientôt une tempête.
Je maudissais l'imprudence
que j'avais eue, moi qui
souffre toujours cruellement
à la mer, d'avoir écouté
les propositions de M. Carpenter. Mais il était trop tard.

La « Minna » fut obligée
de céder aux efforts du vent
déchaîné : la mer fut terrible,
et quand le jour se leva, les
vagues déferlaient avec rage
sur le pont du yacht qui roulait
sans savoir où Dieu le conduisait. Les matelots se tenaient
cramponnés aux agrès ; l'eau
ruisselait sur le pont et ébranlait les mâts.

M. Carpenter et moi, nous
étions couchés, nous résignant
à notre sort, mais maugréant
contre la mauvaise chance.

A midi, le capitaine vint
nous avertir que nous étions
en vue de l'Angleterre. Il cro-
yait que la côte était celle de l'île
de Wight. Le brave homme ne
s'était pas trompé. Grâce à
ses efforts et à ceux de ses
hommes, il nous nous fut possible d'entrer au port.

— Nous attendrons ici, me
dit M. Carpenter, que le ciel se
rassérène, et nous rentrerons
au Havre.

Je le remerciai de cette offre,
mais je préférai prendre le
chemin de fer, traverser l'An-

gleterre, me rendre à Douvres
et de là à Calais pour retourner
à Paris, jurant, mais un peu
tard, qu'on ne m'y prendrait
plus à m'égarer sur les flots en
compagnie de « Minna » ou de
tout autre yacht, à quelque
nationalité qu'il appartînt.

J'ai tenu parole.

TABLE

—

FIN DE LA TABLE.

Limoges. — Imp. E. ARDANT et Cⁱᵉ.

Original en couleur

NF Z 43-120-8

www.ingramcontent.com/pod-product-compliance
Lightning Source LLC
Chambersburg PA
CBHW070901030726
47504CB00005B/1416